UN PETIT FILS

D'ATTILA

INVASION DE 1870-1871

Poëme en six chants

AVEC NOTES JUSTIFICATIVES

PAR

LE Dr GAILLOT

Auteur des *Vices à la mode* (*Vir Liber*)

Prix : 3 francs
Franco dans toute la France, 3 fr. 30

PARIS

LIBRAIRIE UNIVERSELLE ET BIBLIOTHÈQUE DÉMOCRATIQUE
GODET JEUNE
9, PLACE DES VICTOIRES, 9
Et chez les principaux libraires

1873

EN VENTE A LA MÊME LIBRAIRIE :

UN PETIT FILS D'ATTILA

UN PETIT FILS D'ATTILA

UN PETIT FILS
D'ATTILA

INVASION DE 1870-1871

Poëme en six chants

AVEC NOTES JUSTIFICATIVES

PAR

LE Dr GAILLOT

Auteur des *Vices à la mode* (*Vir Liber*)

PARIS

LIBRAIRIE UNIVERSELLE ET BIBLIOTHÈQUE DÉMOCRATIQUE
GODET JEUNE
9, PLACE DES VICTOIRES, 9
Et chez les principaux libraires

—

1873

PRÉFACE

Le jour où les Allemands sont entrés à Reims; le jour où j'ai lu leurs proclamations sanglantes; le jour où je les ai vus s'emparer de mon toit, et, comme des bêtes affamées, dévorer gloutonnement nos provisions; alors que le vol succédait au vol, que la débauche coudoyait l'insolence, que l'assassinat fermait la bouche aux victimes : ce jour-là, j'ai senti dans mon cœur une haine immense pour cette race perfide et cruelle; ce jour-là, j'ai juré de la flétrir.

Il me suffisait de rappeler leurs brigandages, leurs désordres et leurs crimes; de peser des talents qui ont triomphé sans péril; de ramener à leur juste valeur tous ces faits de guerre qui n'effaceront point le sang inutile que leurs mains ont versé.

Je l'ai tenté, voulant que les témoins de nos désastres n'en oublient pas les horreurs, que les martyrs en conservent les cicatrices, que la patrie humiliée en demande la prochaine vengeance.

Mon poëme pouvait se borner à ces traits.

Mais, malgré moi, se présentaient à mes yeux les premiers auteurs de tous les maux que nous avons soufferts.

La France n'avait plus ni orateurs, ni diplomates, ni guerriers; elle ne portait plus un seul grand citoyen.

Épuisé par vingt ans de tyrannie, son sein n'enfantait qu'à regret; et ses mamelles, presque stériles, ne donnaient qu'un lait corrompu à des fruits sans vigueur.

Les barbares étaient plus dépravés peut-être; mais ils étaient pauvres et nous avions de l'or; ils mouraient de faim, et nos greniers regorgeaient d'abondance.

Vingt nations se liguèrent contre nous.

Notre armée était faite de mercenaires : les riches regardant comme un honneur le droit honteux de ne point défendre la Patrie. Nos soldats étaient paresseux et sans mœurs; nos officiers sans courage et sans capacité. Nos bastions, vieillis ou démantelés, ne pouvaient garder les villes ; les munitions manquaient partout; et Paris, dernier boulevard de l'État, n'était fortifié que contre Paris.

Nous étions une proie; et l'aigle allemand nous guettait.

Alors un homme, dans le seul intérêt de sa dynastie, déclare une guerre insensée. Les grands corps de la nation, les fonctionnaires serviles du gouvernement proclament, avec enthousiasme, l'opportunité d'une folie; un ministre en accepte de gaieté de cœur les redoutables conséquences; un autre affirme que tout est prêt dans une armée qui n'a ni le nombre, ni le matériel, ni l'organisation; des généraux, à chaque pas, se laissent surprendre ou ne savent que se dérober personnellement aux dangers de la bataille ; ignorant les lieux, dans leur propre pays, se trompant sur la présence et les dispositions de l'adversaire, ils fatiguent leurs troupes en marches et en contre-marches imprudentes; ils traînent, en aveugle, des masses désordonnées et les jettent dans des vallées étroites, sous les feux d'ennemis innombrables; dans les villes assiégées, les commandants n'utilisent point leurs immenses ressources, et attendent la famine pour rendre ignominieusement la place et les soldats.

Et, depuis la paix honteuse, depuis la ruine du pays... Je me tais. Mais je ne puis me défendre d'une tristesse profonde; je ne puis m'affranchir de sinistres pressentiments... Et ma pitié, mon amour pour la Patrie, justifieront l'amertume de mes plaintes.

————————

Je veux dire les maux que la France a soufferts,
Ses combats désastreux, ses effrayants revers;
Je dirai ses erreurs, rarement sa sagesse,
Ses grandeurs quelquefois, plus souvent sa faiblesse;
Je n'épargnerai pas du funeste tyran,
Sous ses croix sans honneur, le troupeau courtisan.
Je flétrirai le nom du conquérant sauvage
Qui commandait le meurtre et poussait au pillage.

Si d'autres, après moi, dans leurs chants de douleurs,
En traits plus émouvants, dépeignent nos malheurs;
Si leurs vers, enflammés d'une sainte vaillance,
Entraînent mieux, un jour, les cœurs à la vengeance :

Nul, poëte ou guerrier, de la patrie en deuil
N'aura plus regretté la puissance et l'orgueil;
Nul n'aura plus gémi sur le sort de nos frères
Abandonnés au joug des hordes étrangères;
Et, devant les excès des féroces Germains,
Nul n'aura plus maudit leurs princes assassins.

PROLOGUE

---

§

Habitant de ces bords, dont les hordes sauvages
Aux pleines du Midi semèrent les ravages,
Longtemps il ne fut rien ce peuple forcené
Qui se souvient toujours des Goths dont il est né.

Traînant dans les forêts, sur des landes affreuses
Leurs bras inoccupés et leurs faces hideuses,
Ils s'abritaient, la nuit, sous d'ignobles terriers,
Jetaient la peau des loups sur leurs membres grossiers ;
Et, quand le voyageur manquait à leurs rapines,
Aux ours de leurs rochers disputaient les racines.

Conrad les rassembla. Conrad, brigand sans foi,
Digne de commander à ces brutes sans loi.

Mais bientôt apparut, aux bords de la Baltique,
Le drapeau triomphant de l'ordre Teutonique.
Repaire de bandits, à ces fiers chevaliers
Brandebourg n'opposa que de lâches guerriers.
Vaincu, mais conservant l'antique barbarie,
Il prit à ces vainqueurs leur dévote furie ;
Et dès lors marchera, sous des princes rusés,
Un féroce troupeau de gueux fanatisés.

Albert, de son duché reculant les frontières,
Vola, sur ses voisins, des provinces entières ;
Et Frédéric premier, jaloux des potentats
Dont le titre et l'orgueil éclipsaient ses États,
Transformant tout d'un coup sa puissance ducale,
Enfin mit à son front la couronne royale.

Ainsi naquit la Prusse...

           Et, pareille au vautour,
S'élançant du rocher qui lui donna le jour,
Dès qu'elle eut vu grandir la vigueur de son aile
Et se durcir l'acier de sa serre cruelle,
Tantôt hardie et fière, attaquant au soleil,
Mais lâche plus souvent, épiant le sommeil ;
Se glissant dans la nuit, à l'heure où l'air frissonne
Sous les coups orageux du vent qui tourbillonne,

Elle allait poursuivant les faibles ennemis
Que ses ruses enfin dans l'ombre avaient surpris;
Et déjà, nous laissant de monstrueux exemples,
Des hurrahs de sa joie épouvantait les temples.

Frédéric, dit le Grand : c'est le titre imposteur
Dont les plus méchants rois décorent leur fureur.
Jeta, pendant sept ans, sur l'Allemagne entière,
Sa sombre ambition, sa sinistre colère;
Et, vainqueur d'une femme, insolent des succès
Dont l'aveugle destin couronnait ses excès,
A l'Autriche abattue il prit la Silésie
Et la tint pour toujours à son sceptre asservie.

§

Déjà se préparait la grande iniquité.
Par de puissants rivaux pressés de tout côté,
Les pays polonais succombaient à l'orage
Et d'un joug éternel allaient porter l'outrage.

Non ! tant que la Justice, affaiblie en nos cœurs,
N'aura point déserté ce monde de fureurs,
On n'oubliera jamais la journée effrayante
Où, tigres acharnés sur leur proie expirante,
Trois peuples d'un voisin déchiraient les lambeaux
Et s'adjugeaient leur part de ces sanglants morceaux.
La Prusse était du nombre, et c'est elle peut-être
Qui, du festin hideux ardente à se repaître,
Sur la pauvre victime imprima plus longtemps
La marque de ses pieds, la fureur de ses dents.

Pourtant elle eut ses jours de deuil et d'épouvantes,
Quand la France, arrêtant ses bandes insolentes,

De sa terrible main souffleta son orgueil
Et la fit reculer jusqu'au bord du cercueil.
Mais le Corse maudit laissa tomber la France.
Alors, agrandissant sa terrible puissance,
Le fier Hohenzollern, à son joug inhumain,
Assujettit Posen, la Saxe et le Bas-Rhin,
Et prit aux Suédois, que vainquit sa furie,
Les champs les plus féconds de la Poméranie.

Le Danois, à son tour, allait voir les bandits,
Riant de sa faiblesse, envahir son pays.
En vain luttaient pour lui le droit et le courage.
Il dût céder au nombre, il dût subir l'outrage ;
Et les peuples voisins, qu'il avait appelés,
Ne protégèrent point ses États morcelés.

Irréparable erreur ! Lâcheté criminelle !
Dont nous portons la peine et la honte cruelle !
Oui : nous avons laissé passer sous d'autres lois
Les cités du Schlewich et du Holstein danois ;
Et nous avons laissé l'Autriche, son égale,
Aux champs de Sadowa, tomber sous sa rivale.

Le vieux Guillaume alors, de ce sang réprouvé,
Héritier le plus lâche et le plus dépravé,

Guillaume le voleur, à ses vastes domaines,
De Hesse et de Nassau va réunir les plaines.
Il prendra le Hanovre, et, maître de Francfort,
Son nom dominera du centre jusqu'au nord.

Mais ces exploits brillants, mais cette gloire immense
N'ont point, dans ces États, amené l'opulence.
Si les forts sont armés, les arsenaux remplis :
Le sol n'offre partout que des champs amaigris ;
Le paysan-guerrier, sous sa hutte en ruine,
Au retour des combats va hurler la famine ;
De titres fastueux vainement affublés,
Sous les lambris déteints de châteaux écroulés,
Les nobles à leurs rois, avec des cris de rage,
D'un pays plus heureux demandent le pillage.

La France est là : la France, aux opulents guérêts,
Aux coteaux fortunés, aux riantes forêts,
La France dont l'argent, produit de son génie,
Enrichirait d'un coup la pauvre Germanie.
Guillaume a convoité ce splendide butin ;
Déjà l'armée est prête au monstrueux larcin ;
Et c'est un Corse encor, dont la triste démence,
Après avoir flétri le grand nom de la France,

Aux pieds de leurs chevaux va livrer nos sillons,

A leur avidité jeter nos millions,

Et donner au Bandit, dont l'orgueil nous menace,

La Lorraine avec Metz, Strasbourg avec l'Alsace !

CHANT PREMIER

LA GUERRE

CHANT PREMIER

LA GUERRE

---

§

Près du sombre ministre à sa gloire attaché,
Sur un tapis moëlleux honteusement couché,
Le Barbare du Nord, dégradant sa vieillesse,
Dormait du lourd sommeil qui succède à l'ivresse.

Devant lui, tout à coup, un spectre s'est dressé,
Le front superbe et fier, le sourcil hérissé,
Les regards pleins de feu, la colère à la bouche;
Et, levant son bras nu dans un geste farouche :

« Tu dors, mon fils! tu dors!.., Et, jurant ton trépas,
L'ennemi, contre toi, précipite ses pas !
Lève ton étendard, pousse ton cri de guerre,
Et, de tous les côtés frappant du pied la terre,
Tes Huns s'assembleront, nombreux et plus pressés
Que les flots turbulents sur les lacs courroucés.

« Ils iront, franchissant la montagne et la plaine,
De l'aurore à la nuit ne prendront point haleine ;
Sous les feux d'un été, tous les jours plus brûlant,
Ils chargeront leur front du casque étincelant ;
Ils ne délieront point leur pesante chaussure,
Et leur corps fatigué gardera son armure.
Plus légers que le vent, les pieds de leurs chevaux
Dévasteront les prés, fouleront les coteaux ;
Et déjà sous leurs chars je vois voler la poudre,
Déjà de leurs canons j'entends gronder la foudre.
Ils tombent, affamés, sur leur proie, en hurlant
Comme un troupeau de loups sur un agneau tremblant ;

Ils jettent l'épouvante, ils sèment le carnage ;
Et dans les champs rivaux, livrés à leur pillage,
Nul n'est assez vaillant, et nul n'est assez fort
Pour éviter la honte ou retarder la mort.

« Va, mon fils... à tes coups qui pourra se soustraire ?
Qui pourra se flatter d'éluder ta colère ?
Et, si même un héros te barrait le chemin,
N'as-tu point, ô mon fils, dans ta fatale main,
Du pétrole enflammé la puissance invincible,
Et le canon d'acier et la balle explosible ?
N'as-tu point, sur le sol que tu vas conquérir,
Deux cent mille espions tout prêts à te servir ?
Et n'as-tu point, enfin, la lâcheté du Corse
Qui t'ose provoquer, sans soupçonner ta force ?

« Va ! la gloire t'appelle, et la France a de l'or
Pour payer tes festins et remplir ton trésor.

« Va ! des noires terreurs le sinistre fantôme,
Compagnon d'Attila, précèdera Guillaume.
Les soldats de la Gaule, à ton aspect tremblants,
Jetteront, devant toi, leurs glaives impuissants ;

Ses villes, tour à tour de tes feux embrasées,
Livreront, sans combat, leurs murailles brisées.

« Ils ne sont plus les temps où des Vierges en pleurs,
Aux portes des cités, arrêtaient nos fureurs.
Non, non : ton bras armé, sans pitié, ni clémence,
Moissonnera les fils de l'orgueilleuse France ;
Et, tombés sans honneur sous tes traits enflammés,
Comme un chaume inutile, ils seront consumés.

« Si tu ne peux planter, sur Paris en ruines,
De stériles buissons ou des halliers d'épines ;
Si tu ne peux changer en des marais fangeux
Ses palais insolents, ses monuments pompeux,
Du moins tu briseras, de tes boulets rapides,
Sous leurs forts écroulés, ses phalanges timides ;
Tu brûleras les toits où gisent ses mourants ;
Dans leurs jeunes berceaux, tu tueras ses enfants ;
Et, pressé par la faim, au jour de l'agonie,
Il donnera son or pour conserver sa vie...
Et, de cet or, tes mains armeront des bandits (1)
Qui brandiront la torche au milieu de Paris ;
Et, lorsque tu verras les flammes s'y répandre,
Tu seras consolé de n'avoir pu le prendre.

« Va ! mon fils : du Très-Haut les suprêmes décrets
Ont promis à ta foi ces merveilleux succès.

Fléau du Dieu vengeur, tes coups sont légitimes :
Frappe, frappe toujours, frappe encor tes victimes.
Des sombres Attilas si je fus le premier,
Sois plus cruel qu'eux tous : tu seras le dernier. »

A ces mots, disparut l'épouvantable image,
Répandant sur ses pas l'âcre odeur du carnage...
Et, de l'ivresse alors secouant les torpeurs,
Guillaume se dressa, les yeux pleins de fureurs,

§

Bonaparte régnait. Sanguinaire et parjure,
Marchant, comme un bandit, pendant la nuit obscure,
Il avait égorgé les Français imprudents
Qui dormaient sur la foi de ses traîtres serments ;
Et l'infâme, du pied écrasant ses victimes,
Exigeait que leur voix glorifiât ses crimes !

A Strasbourg, à Boulogne, il avait arboré
De la révolte aux lois l'étendard abhorré ;
La Chine, le Mexique avaient vu sa démence,
Prodiguer les trésors et le sang de la France ;
De la religion se faisant un manteau,
Il avait des Romains abattu le drapeau,
Soutenu de son bras, la tiare avilie
Et d'un pape infaillible appuyé la folie ;
Et quand, perdant l'espoir d'un honorable hymen,
D'une femme sans nom il accepta la main,

Il avait conservé d'impudiques maîtresses
Dont notre argent paya les vénales caresses.

Bonaparte régnait. Sous son joug détesté
La Nation, vingt ans, pleura sa liberté ;
Vingt ans, nos tribunaux, livrés à sa police, (2)
Au gré de ses fureurs, rendirent la justice ;
Ses ministres, vingt ans, se vendant à prix d'or,
De l'État appauvri pillèrent le trésor ;
Et, vingt ans, oubliant leur antique énergie,
Nos soldats de sa cour partagèrent l'orgie.

Bonaparte régnait, habile et tout puissant.
Nos fronts étaient courbés sous son front menaçant.
Et pourtant il craignait qu'en un jour de colère,
N'ayant pu châtier l'insolence du père,
Enfin nous n'arrachions à son fils immolé
Et son pouvoir sanglant et son trône volé !

« Pourquoi trembler, disait la rusée Espagnole ?
Je connais notre peuple : orgueilleux et frivole,
Il aime les lauriers si cher qu'ils aient coûté.
Arme-toi. Vole au Rhin. Que l'Allemand dompté,

Que Guillaume et Bismarck, te cédant la victoire,
De ton aigle vieilli rajeunissent la gloire...
Et la France, enivrée au bruit de tes exploits,
Des princes de ton sang acclamera les droits. (3)

« Va, sans peur ! L'Assemblée, à tes ordres soumise,
Reconnaît l'équité de ta mâle entreprise ;
Rouher du vieux Sénat ranime les ardeurs ;
Ta police du peuple excite les fureurs ;
Lebeuf, prophétisant de splendides conquêtes,
Affirme aux députés que nos forces sont prêtes ; (4)
Et tu sais qu'Olivier, calme et d'un cœur léger,
Au nom du ministère accepte le danger. »

Et le Corse partit. Et sa dévote épouse,
Des grandeurs de sa race uniquement jalouse,
Priait le Dieu des rois d'allumer son courroux,
De livrer les Germains, sans défense, à nos coups,
Et d'assurer, au prix d'un immense carnage,
Du trône, à son enfant, le paisible héritage.

§

O Rhin, ô fleuve aimé, dont les bords, tant de fois,
Ont vu de nos drapeaux les illustres exploits,
Pourquoi ces flots troublés et ces vagues plaintives ?
Et quel sombre présage épouvante tes rives ?
Crains-tu que cet essaim d'imprudents généraux
Ne sache point garder la gloire de tes eaux ?
Que le fer émoussé de soldats sans courage
Au joug des Huns nouveaux abandonne ta plage ?
Que du Corse tremblant le mérite guerrier
Soit de cacher sa tête et de fuir le premier ?

Hélas ! tu n'auras plus, dans la lutte sanglante,
Des Hoche et des Marceau la valeur triomphante ;
Et de nos commandants l'orgueilleux bataillon,
Dont les jours de décembre ont illustré le nom,
Pour garder au Pays tes rives bien aimées,
Vaudront moins qu'un sergent de nos vieilles armées.

Mais peut-être, animé du vrai souffle guerrier,
Verras-tu se lever le peuple tout entier;
Peut-être les soldats, ardents à la bataille,
Auront de leurs aïeux la bravoure et la taille ;
Et, pleins du feu sacré, pourquoi n'iraient-ils pas
Affronter les dangers, s'élancer aux combats,
Et, chantant sur tes bords l'hymne patriotique,
Ramener les beaux temps de notre gloire antique ?

§

Serait-il un guerrier celui qu'on voit trembler
Quand l'airain va mugir, quand le sang va couler ?
Celui qui n'entend point le cri de la patrie,
Et, défendant l'honneur, songe encore à la vie ?

Il n'est pas de puissance, il n'est pas de trésor,
De palais merveilleux, de diadème d'or
Qui dépasse en splendeur la couronne guerrière,
Quand la main du soldat a frappé la première,
Et, du sol menacé, chassant les ennemis,
A sauvé la richesse et l'orgueil du Pays

Qu'il est beau le jeune homme, au milieu du carnage,
Brisant des bataillons l'inutile courage,

Devant les rangs épais n'arrêtant point ses pas,
Emporté loin des siens, et ne regardant pas
Si du coteau voisin l'antique citadelle
Est prête à recueillir la vertu qui chancelle !

Pareil au forgeron dont les puissants marteaux
S'abattent sur l'enclume et domptent les métaux,
Il lève et tour à tour abaisse son épée
Dans le sang ennemi sans cesse détrempée ;
Tenace, inébranlable, et jurant de mourir
Le jour où le succès viendrait à le trahir.

Tout fuit. — Son bras vaillant a fixé la victoire,
Et le pays lui doit son salut et sa gloire.

S'il tombe au champ d'honneur, sous le nombre abattu,
Que ses frères encor sont fiers de sa vertu !
Qu'il est fier le vieillard baisant ce froid visage
Où, jusque dans la mort, rayonne un saint courage !

La cité le regrette, et vient mêler ses pleurs
Aux sanglots de sa mère, aux larmes de ses sœurs,

Mais pourquoi le pleurer ? Orgueil de la Patrie,
Son nom sacré vivra d'une éternelle vie ;
Et ses lauriers diront comment un vrai héros
Échappe, en expirant, à l'oubli des tombeaux.

§

Hélas ! nos officiers, nourris dans la mollesse,
Des âges de l'honneur ont perdu la noblesse !
Nos soldats, à leur tour, lâchement désœuvrés,
N'auront, pour les combats, que des bras énervés.

Sous des chefs imprudents, nos timides armées,
Quatre fois près du Rhin, se sauvent décimées ;
Et tandis que Forbach, Wissembourg, Frœsvillers,
En ramassant nos morts, déplorent nos revers,
Le barbare, vainqueur et rayonnant d'audace,
Peut-être pour longtemps met le pied sur l'Alsace,
Oui : l'Alsace est perdue, et désormais le Rhin,
Le Rhin qu'on abandonne est tout entier Germain.

Tel, brisant les rochers d'un impuissant rivage,
L'Océan furieux déborde sur la plage ;

Et, couvrant de ses eaux un immense pays,
Des champs et des cités emporte les débris;
Tel, par la brèche ouverte, au milieu de nos plaines
S'est élancé le flot des cohortes germaines...
Et nos guerriers surpris, nos chefs épouvantés,
Devant eux, en désordre, ont fui de tous côtés.

Et, dans ces lieux pourtant, quelle heureuse défense
La nature elle-même offrait à la vaillance !
Des vallons encaissés, de rapides coteaux,
La Moselle, la Meuse et de larges canaux ;
Des sommets Vosgiens, les bois, les fondrières,
Formidables remparts, invincibles barrières ;
Et de l'Argonne enfin, qui s'indignait contre eux,
Les célèbres forêts, les défilés fameux !
Ils n'ont rien défendu...

           Si l'Alsace est soumise,
La Lorraine, à son tour, demain sera conquise ;
Et l'empereur, fuyant de cités en cités,
Va cacher, à Châlons, ses revers mérités.

Il est au camp, ce camp, théâtre de parades,
Qui de chefs ignorants vit les fanfaronnades;

Qui, sous les plis sacrés de nos vieux étendards,
Préparait au Pays un troupeau de fuyards.

Arrête ! dans ces lieux de notre antique gloire,
Ose, une fois au moins, disputer la victoire.
Ne vois-tu pas d'ici Mérovée et ses Francs
Aux champs catalauniens s'élancer frémissants ;
Repousser Attila des coups de leurs framées,
Et coucher dans le sang ses terribles armées ?

Du brave Kellermann ne vois-tu pas d'ici
S'élever la colonne aux plaines de Valmy ;
Et son ombre irritée, à ton cœur sans vaillance,
Reprocher du Pays l'impuissante défense ?
« Arrête ! Sur ce sol de glorieux combats,
On peut mourir, dit-elle, on ne recule pas.
De ces mêmes Germains, dont l'aspect t'épouvante,
Cent mille avaient foulé la Champagne tremblante...
Et, sortant de Paris, mal armés, presque nus,
Vingt jeunes bataillons, du coup les ont battus.
Mais nos soldats alors, pleins d'une fière audace,
Appelaient le danger et le bravaient en face ;
Et si nos généraux, sous des maîtres pédants,
N'avaient point de la guerre appris les éléments :

Ennemis des loisirs, pour eux-mêmes sévères,
Respectant de l'honneur les principes austères,
On ne les voyait point de cent croix chamarrés,
Parader dans les bals et les salons dorés...
Aujourd'hui... »

            Mais, plaintive et de honte voilée,
L'ombre du grand guerrier soudain s'est envolée...
Et le Corse déjà, pour fuir le lendemain,
De Liége ou de Namur demandait le chemin.

Il s'enfuit. Je l'ai vu traîner dans notre ville
Et son regard éteint et sa face imbécile ;
J'ai vu ses officiers, dans d'immenses fourgons,
Emporter de vins fins les riches cargaisons ;
Et j'ai vu ses soldats, qu'oubliait l'intendance,
Sous un soleil ardent tomber de défaillance ;
Et, braves contre nous, de nos pauvres faubourgs (5)
Dévaster les jardins, piller les basses-cours.

Fatalité, désordre, imprudence et folie,
Tout concourait à perdre une armée avilie :

Les remparts de Sedan devaient la voir enfin
Dans le sang et la boue achever son destin ;
Et la France trahie, au joug de la conquête
Allait, en frémissant, livrer sa noble tête.

§

Honte au guerrier vaincu, dont le bras sans valeur
Des drapeaux du Pays n'a point sauvé l'honneur
Honte, lorsque, tremblant pour sa lâche existence,
Il a laissé tomber des armes sans puissance !
Et, ne défendant point sa sainte liberté,
Il a subi les fers de la captivité !

Va, courbé tristement sous le regard d'un maître,
Va, loin du beau vallon dont les toits t'ont vu naître ;
Loin de ce doux foyer où ton père, le soir,
Te traçait du soldat le sublime devoir ;
Où ta mère gémit d'avoir donné la vie
A l'enfant sans vertu dont rougit la Patrie !

Va, comme un vil bétail par le bouvier chassé,
Meurtri sous le bâton, de travaux harassé ;

Va dans un château-fort, prisonnier sans courage,
Manger avec tes pleurs le pain de l'esclavage,
Juste objet du mépris des hommes et des dieux,
Inutile à la terre, à toi-même odieux !

Et lorsque enfin la paix aura brisé tes chaînes,
Oseras-tu revoir ces coteaux et ces plaines
Que ton bras impuissant n'aura point défendus,
Et ces tristes foyers que ta honte a perdus ?

Oseras-tu revoir, dans sa pauvre chaumière,
La vierge qui t'aimait à la moisson dernière,
Quand te traînant à peine et portant sur ton front
Du fouet de tes geôliers l'ineffaçable affront,
Tu n'auras, pour charmer le cœur de ta maîtresse,
Que le lâche récit de tes jours de détresse ?
— D'où viens-tu ? Sur quels bords, traînant tes longs malheurs,
As-tu souffert la honte et répandu les pleurs ?
Quelle main criminelle, insultant ta faiblesse,
A brisé, dans sa fleur, ta riante jeunesse ?
As-tu trouvé, la nuit, dans le noir château-fort,
Au moins le lit de paille où le pauvre s'endort ?
As-tu trouvé du feu, quelque étoffe grossière,
Quand soufflait des frimas la bise meurtrière ?

Et quand tu gémissais, torturé par la faim,
Pour vaincre la fatigue as-tu trouvé du pain?
— Je reviens de l'Oder. — Sous sa muraille sombre
Breslau, pendant neuf mois, a vu passer mon ombre,
Lorsque, dès le matin, près des remparts glacés,
J'allais bâtir leurs tours ou creuser leurs fossés,
Et lorsque, avec la nuit, lentement descendue,
Je rentrais défaillant et la tête perdue.

Dans les forts quelquefois j'habitais un caveau
Et n'avais, pour dormir, que l'humide terreau;
Quelquefois, au milieu d'une affreuse tourmente,
Je dormais en plein champ, sans l'abri de la tente.

Je n'opposais aux froids d'un climat rigoureux
Que cette étoffe usée et ces lambeaux honteux...
Et, courant à leurs bals, pompeusement vêtues,
Les femmes se riaient de mes épaules nues.

J'ai mangé du pain noir, de l'avoine et du son, (6)
D'horribles détritus, des mélanges sans nom;
Et tandis que, cédant au cri de la nature,
J'approchais de ma bouche une affreuse pâture,

3

Mes infâmes gardiens, par l'alcool abrutis,
Se repaissaient de bœufs et de moutons rôtis.

Dès l'aube, tous les jours, sans trêve ni relâche,
D'un labeur écrasant je fournissais la tâche ;
Et quand, le soir, parfois je m'arrêtais brisé,
Le sabre châtiait mon courage épuisé.

Affamés et meurtris, succombant aux misères,
Combien j'ai vu mourir de nos malheureux frères !
Et, loin du doux pays descendant aux tombeaux,
Combien m'ont fait jurer de punir leurs bourreaux ! »

§

Si je hais les vainqueurs dont les fureurs cruelles
Préparaient aux captifs des tortures nouvelles :
Plaindrai-je les vaincus qui, fuyant le danger,
Ont perdu le Pays qu'ils devaient protéger ?

C'est vous, c'est vous surtout qui fûtes les coupables,
Généraux sans valeur, officiers incapables,
Vous qui, depuis vingt ans, nourris dans le plaisir,
Ne saviez point combattre et craigniez de mourir ?
Quel plan vous dirigeait, quand, pendant deux journées, (7)
Vous occupiez de Reims les plaines étonnées ?
Quand, égarant vos pas en un vaste détour,
Vous perdiez trois soleils aux étapes d'un jour ?
Vous marchiez sans vigueur, vous dormiez sans prudence,
Ne sachant point user de votre heureuse avance ;
Et quand Metz s'attendait à vous voir les premiers,
Sedan pleurait déjà la mort de vos guerriers.

Pour la troisième fois, Failly laissait surprendre
Ses tristes bataillons qui n'osaient se défendre ;
Vinoy, parti trop tard, arrêtait ses soldats
Et dérobait leur tête au danger des combats ;
Un général, léger sous le poids des défaites, (8)
Donnait, la veille encore, un bal à ses lorettes ;
Nos officiers, jaloux d'occuper leurs loisirs,
Poursuivaient du billard les innocents plaisirs,
Tandis que leurs sergents, conduisant la bataille,
Non sans gloire, du moins, tombaient sous la mitraille.

Le Maréchal, blessé, dans un hameau voisin,
Échappait à l'affront d'un désastre certain ;
Les troupes, renonçant à soutenir l'orage,
Dans les murs de la ville abritaient leur courage ;
Et bientôt de Wimpfen, succombant au fardeau,
Du vaincu suppliant agitait le drapeau.

Mais du Corse abattu qui dira l'infâmie ?
Quand, rendant son armée à l'armée ennemie,
Il allait à son tour se livrer au Germain...
Et « Sire, disait-il, en lui baisant la main,
Sire, ce n'est point moi qui souhaitais la guerre :
De Votre Majesté je suis toujours le frère.

Mais frappez ces Français qui, bassement jaloux,
O Sire, malgré moi, m'ont poussé contre vous. »

Et Guillaume et Bismark, caressant la vengeance,
Avec lui s'écriaient : Nous châtierons la France !

Et pourquoi ? de quel crime osez-vous la charger ?
Le lâche qui, vingt ans, ne sut que l'outrager,
Seul, pour éterniser sa vile monarchie,
Au hasard des combats a livré sa patrie.

Tu le sais, roi barbare, et tu l'as proclamé :
Seul, contre tes grandeurs, l'empire s'est armé.
Cet empire n'est plus... et, victime innocente,
La France, en avouant sa défaite sanglante,
S'adresse à la justice, et demande au vainqueur
De lui laisser au moins l'orgueil de son honneur.

En déposant ainsi les fureurs de la guerre,
En arrêtant le sang dont s'abreuvait la terre,
Entre les tiens et nous, peut-être pour toujours,
De nos inimitiés tu suspendras le cours ;
Et ton nom, consolant les pages de l'histoire,
Jusqu'aux âges futurs, conservera sa gloire.

Mais que dis-je ? Voit-on la colère des flots
S'éloigner, par pitié, des fragiles roseaux ?
Voit-on l'ours affamé, de sa griffe adoucie,
Caresser tout-à-coup la brebis qui supplie ?

Cette guerre, ô menteur, tu prétends la subir !
Non, non : depuis trente ans tu veux nous conquérir.
Depuis trente ans, tout l'or de ta pauvre Allemagne
En canons s'est changé pour l'atroce campagne ;
Deux cent mille espions, nourris de notre pain,
Nous trahissant dans l'ombre, éclairaient ton chemin ;

Tes soldats étaient prêts ; tu savais, de la France,
De son tyran plutôt, quelle était l'imprudence. —
Tu voulais un prétexte, et tu t'es élancé,
Misérable imposteur, te disant menacé.

Va donc sans t'arrêter, et que ta barbarie,
Jusqu'à son dernier homme, épuise ta patrie !
Va, poursuis jusqu'au bout tes criminels succès !
Épouvante le ciel du bruit de tes excès !
Mais prends garde !... La France a des soldats encore.
Nous défendrons le sol que ton orgueil dévore :

Si ce n'est aujourd'hui, nous briserons demain
Le fléau destructeur dont se charge ta main,
Et, jusqu'en ton palais portant notre vengeance,
Nous irons, pour toujours, écraser ta puissance.

§

Pendant que la Patrie expirait de douleurs
Et, dans son sein tari, cherchait des défenseurs :
Au matin d'un beau jour, quittant le frais asile
Où, depuis la défaite, il reposait tranquille,
Un vaincu de Sedan, sous les bois ardennais,
Solitaire et rêveur, promenait ses regrets.

Aux rayons chauds encore d'un clair soleil d'automne,
Se ranimait des champs la dernière couronne ;

Un vent tiède agitait la feuille des bouleaux ;
L'insecte, en bourdonnant, glissait sous les rameaux ;
Les oiseaux, de leurs cris, égayaient le bocage,
Et les grands bœufs paissaient dans le vert pâturage.
Mais en vain la nature à ses yeux attristés,
De la douce saison prodiguait les beautés ;

En vain les temps passés offraient à sa mémoire
Le théâtre éclatant d'une illustre victoire :
Rien ne le consolait des affronts douloureux
Qu'imprimaient à son nom vingt combats malheureux ;
Et marchant à pas lents et la tête baissée,
Il pleurait sur sa gloire à jamais effacée.

Près d'un vallon riant, au détour du chemin,
Il vit un laboureur dont la robuste main,
Conduisant la charrue et remuant la terre,
Traçait de grands sillons au sein de la clairière.

C'était un beau vieillard ; ses cheveux étaient blancs ;
Mais son œil s'allumait de feux encor brillants ;
Et sa haute stature et son mâle visage
Ne portaient point du temps le pénible ravage.

Le vaincu s'arrêtant, enviait le bonheur
Que donnent les sillons au simple laboureur.

« Oh ! disait le vieillard, si j'ai, dans mon enfance,
Creusé le sol fertile et jeté la semence ;

Si tu me vois encore, au déclin de mes ans,
Poursuivre mon labeur et féconder mes champs,
Apprends que j'ai connu les travaux de la guerre ;
Que, pendant de longs jours, oubliant ma chaumière,
Dans l'âge plus heureux où l'on ne fuyait pas,
De nos drapeaux vainqueurs j'ai suivi les combats.

Quand, du Corse insensé partageant la folie,
Vous avez à sa perte entraîné la Patrie,
J'avais trois enfants : l'un, c'est le moins malheureux,
A trouvé, près de Wœrth, un trépas glorieux ;
L'autre, hélas ! il était avec toi sur la Meuse :
Et quel fort aujourd'hui, quelle voûte honteuse,
Sur l'Elbe ou le Veser, étouffe ses douleurs
Et, dans la sombre nuit, le voit verser des pleurs ?
Le dernier, je le sais, d'un courage inutile
Protégera de Metz les remparts et la ville :
Bazaine, trahissant l'armée et le Pays,
Le livrera demain aux fers des ennemis. »

Il se tut... Une larme, aussitôt dérobée,
Des yeux du laboureur, furtive, était tombée.
Mais, relevant son front, le stoïque vieillard
Des maux qui le frappaient détourna son regard ;

Il étendit la main sur la France mourante,
Et d'un ton douloureux, d'une voix frémissante,
Aux lâchetés du jour reprochant nos malheurs,
D'un avenir plus sombre il craignait les horreurs

« France ! ô tristes débris d'une gloire perdue,
Dans quel affreux abîme es-tu donc descendue ?
Toi dont le nom brilla d'une auguste clarté,
Dont la grandeur touchait à l'immortalité,
France, qu'as-tu gardé de tes splendeurs antiques ?
Dans tes murs envahis, sur tes places publiques,
Résonnent des Teutons les insolents tambours ;
Tes remparts crénelés, tes châteaux et tes tours,
D'une terre outragée inutile défense,
Sont tombés sans honneur, presque sans résistance;
Tes paysans ont fui, tes hameaux sont pillés ;
De leurs riches moissons tes champs sont dépouillés;
Et le coursier vainqueur, agitant sa crinière,
Sur tes vallons flétris fait voler la poussière.

« Oh ! qui rassemblera tes enfants désarmés ?
Qui rouvrira leurs yeux sous la honte fermés ?
Ce ne sont plus les fils dont parle ton histoire,
Ce ne sont plus les fils qui te couvraient de gloire,

Quand, fiers et courageux, invincibles guerriers,
Ils couraient de la Sprée arracher les lauriers ;
Quand, traversant les mers, ils allaient, intrépides,
Planter leur blanche tente au pied des Pyramides ?

Qui te rendra ta force et ta vaillante ardeur ?
Qui de ton bras vaincu secouera la torpeur ?
Qui brisera le joug de ta tête asservie,
Et le cercueil honteux où va finir ta vie ?
Qui, dressant aux combats tes bataillons nouveaux,
De ton sol arraché défendra les lambeaux ?

Le froid de la vieillesse a-t-il glacé nos villes,
Et rendu tout d'un coup leurs mamelles stériles ?
Et ne verrons-nous plus s'élancer de leur sein
De guerriers tout armés l'impétueux essaim ?
Ne renaîtront-ils point les Masséna, les Brune,
Ces soldats dont les mains enchaînaient la fortune ?
Les Hoche, les Kléber, dont l'épée autrefois
De leur trône abattu précipitait les rois ?
Où sont les Mirabeau, dont la voix triomphante
Foudroyait de la cour la hauteur insolente ?
Où sont les Girondins, où sont les Montagnards ?
Où sont de notre honneur les solides remparts ?

Alors luirait pour nous le jour de la vengeance,
Et nous entendrions sonner la délivrance :
Un instant a suffi pour ternir nos splendeurs,
Un instant nous rendrait de nouvelles grandeurs.

Mais, pauvre France, ô toi, des Dieux abandonnée,
A quel abaissement te vois-je condamnée !

Et ta beauté pourtant n'est point perdue encor.
Je verrai tes sillons se couvrir d'épis d'or,
Tes bois livrer aux vents leur verdoyant feuillage,
Et tes troupeaux bondir dans le gras pâturage ;
Tes prés auront des fleurs ; tes fertiles coteaux
De leurs produits aimés rempliront les tonneaux ;
A ses foyers géants je verrai la Patrie
Rallumer les flambeaux de sa riche industrie ;
Et de nouveaux trésors, affluant dans ses mains,
Bientôt l'affranchiront de sa dette aux Germains.

Mais nos cœurs abaissés ont perdu leur vaillance,
Et des mâles vertus la féconde puissance ;
Et, noyés sous les flots de leur stupidité,
Garderont-ils au moins leur sainte liberté ?

O de la Liberté fier et noble génie,
Toi qui, cinq fois déjà, brisas la tyrannie,
Ne permets point qu'un jour les Français abrutis
Des trônes effondrés raniment les débris ;
Que, de tyrans nouveaux implorant la conquête,
Sous le joug méprisable ils inclinent leur tête.
Si jamais ils voulaient un roi, les insensés,
Pour venger les affronts de leurs revers passés,
Pour sauver le Pays d'une horrible détresse,
Pour leur rendre à la fois la gloire et la richesse !

Dis-leur, ô Liberté, que la main d'un sauveur,
Leur prendra leurs trésors, sans venger leur honneur ;
Et qu'un peuple toujours est un peuple d'esclaves,
Qui ne sait pas lui-même arracher ses entraves.

Qu'importe qu'un tyran, sur le trône orgueilleux
Asseyant sa paresse et son luxe pompeux,
Vous flatte à votre tour de brillantes conquêtes
Et jure des Teutons les prochaines défaites ?
Vaincu, le scélérat vous livrerait sanglants
Aux terribles fureurs d'ennemis insolents ;
Vainqueur, il cueillerait les palmes de la gloire
Et se repaîtrait seul des fruits de la victoire...

Et vous, toujours meurtris sous son joug détesté,
Vous ne sortiriez point de la servilité ;
Et vous ne mangeriez, avec des pleurs de rage,
Que le pain du malheur pétri dans l'esclavage.

CHANT DEUXIÈME

L'INVASION

CHANT DEUXIÈME

———

L'INVASION

———

§

« Gloire ! hurlait Guillaume, en portant vers le ciel
Un regard hypocrite, un front lâche et cruel !
Gloire au Dieu des terreurs ! Gloire au Dieu de la guerre !
J'obéis à sa voix, j'accomplis sa colère...
Il me presse, il m'entraîne, il combat avec moi :
Je serai des Germains l'empereur et le roi !

Hourra ! Sous mes drapeaux venez à la curée !
Frappée au cœur, la Gaule à nos mains est livrée.

Venez Hanovriens, Saxons et Bavarois,
Soldats du Wurtemberg, Silésiens, Badois !
Venez, princes et ducs, comtes sans apanage,
Chevaliers inconnus, hobereaux de village,
Du Niémen au Rhin, venez, tous mes goujats,
Et, des bagnes ouverts, venez aussi, forçats (1).

La France a des palais, des cités magnifiques,
De fertiles sillons, d'opulentes fabriques ;
La France a des trésors, et, de ses verts coteaux,
Les vins délicieux coulent à pleins ruisseaux. »

Il dit : et contre nous, de pillage affamées,
A sa voix aussitôt s'élancent vingt armées ;
Les bandits, dès longtemps exercés au larcin,
Des vols qu'on leur promet supputent le butin ;
Et, voulant remporter les honneurs du carnage (2),
Ils comptent sur leur nombre et non sur leur courage,

J'étais encore enfant. Près du foyer, le soir,
Sous la lampe modeste, on aimait à s'asseoir.

J'écoutais : et souvent des jours de sa jeunesse
La grand'mère à ses fils racontait la tristesse.
Elle avait vu son toit recevoir l'étranger,
Dans son pauvre jardin les chevaux fourrager ;
Et de trois ans entiers les épargnes bénies
Passer en un instant dans les mains ennemies.
Quand, sous les vents glacés, frissonnait le hameau,
Elle fuyait, la nuit, jusqu'au bout du coteau ;
Et notre doux aïeul, resté dans la chaumière,
De ces hôtes lascifs, subissait la colère.
Des plus méchants d'entre eux elle disait les noms,
Prussiens et Badois, Bavarois et Saxons,..
Et la terreur encore agitait son visage
Au souvenir affreux de la horde sauvage.

Sa légende était vraie, et je n'y croyais pas.
Mais, aux fauves regards de ces tigres-soldats,
Je les ai reconnus : ce sont les anciens maîtres,
Plus cruels aujourd'hui qu'au temps des nos ancêtres.
Aussi, lorsque penché sous le poids des hivers,
A mes petits enfants racontant nos revers,
De ces mois désastreux je redirai l'histoire,
Mes enfants, à leur tour, ne voudront pas y croire ;
Et pourtant mes récits, émoussés par les ans,
De nos malheurs, peut-être, oublieront les plus grands.

§

Les voilà ! Leurs clairons ont sonné la conquête (3),
Et sur des murs ouverts leur triomphe s'apprête !

Les voilà ! ces Germains, hérissés et velus,
Dans Reims épouvanté traînant leurs sabres nus !

Les voilà ces lanciers, ces uhlans si farouches,
Qui du moindre turco redoutent les cartouches;
Et, ne se confiant qu'en leur agilité,
Devant nos francs-tireurs n'ont jamais résisté !

De leurs lourds fantassins, les masses insolentes
A leur tour ont franchi nos portes frémissantes..,
C'en est fait : du vainqueur nous subissons la loi,
Et le roi des Germains est aussi notre roi.

Ouvriers courageux, et vous, bourgeois tranquilles,
A ces hôtes bandits ouvrez vos doux asiles ;
Laissez-les du foyer expulser les enfants,
Etendre dans vos lits leurs membres dégoûtants;
Et des vivres, gardés pour les temps de souffrance,
Dévorer, en un jour, l'inutile abondance.

A leurs instincts gloutons ne vous opposez pas.
Livrez des bœufs entiers à leur moindre repas.
Vous n'aurez le pardon de ces hordes brutales
Qu'en servant de vos mains leurs longues saturnales;
Et même on aura vu le plus humble souvent
De son toit dévasté ne point sortir vivant.

Allons ! c'est le moment des royales orgies !
Que le vin coule à flots des urnes rebondies !
Vingt trafiquants, à Reims, de la Prusse accourus,
Pour eux, depuis trente ans, ont vendangé nos crûs !
De bachiques hourras que les salles frémissent !
Sous la charge des mets que les tables gémissent !
Nos fermiers au Français n'ont point donné de pain ,
Ils vont jeter leurs bœufs sous la dent du Germain.

Allons ! c'est le moment où de Sardanapale (4),
Au-dessous du pourceau la grandeur se ravale.

Servez ! Qu'autour de lui ses flatteurs étendus
Se lèvent à demi pour râler ses vertus !
Et que, lui disputant les honneurs de l'ivresse,
Son ministre bégaie un hymne à sa sagesse !

L'orgie aura son comble... et notre archevêché
Verra le roi Guillaume, en sa fange couché,
Laisser, après la nuit, sur les riches tentures,
Les signes dégradants de honteuses souillures.

Ils osent, nous voyant abattus sous leurs pieds,
Écraser de dédains nos fronts humiliés !
Ils osent, accusant nos âmes amollies
Des vices les plus bas, des plus tristes folies,
Se vanter de nourrir le courage et l'honneur
Qui d'un pays toujours assurent la grandeur !
Ils prétendent garder, sous les pompes royales,
La sainte austérité des mœurs patriarchales !
Les menteurs ! Ces Germains, paresseux et gloutons,
Rapaces et dévôts, insolents et poltrons,
Sous des dehors trompeurs cachant leurs indécences (5),
Ces Germains des vertus n'ont que les apparences;
Et, si vous arrachez leurs masques imposteurs,
Le barbare apparaît dans toutes ses laideurs.

Eh ! de quoi sont-ils vains ? De deux ou trois victoires
Amenant sous leur joug de nouveaux territoires ?
Ils étaient dix contre un, et mille trahisons
Aplanissaient la route à leurs lourds bataillons.

Leurs arts n'ont point d'éclat. Sous une brume obscure
S'éteignent les rayons de leur littérature ;
Et leurs savants, si fiers d'indigestes travaux,
Des ouvrages français ont pillé les plus beaux.

De leurs hommes d'État qu'ils vantent la finesse,
Et de leurs généraux l'heureuse hardiesse !
Odoacre l'Hérule et le Goth Alaric,
Les Vandales fougueux que lançait Genséric,
S'entendaient mieux que Fritz à ravager la terre,
Et dressaient, mieux que Molkte, un affreux plan de guerre.
Attila, qu'entouraient huit cent mille soldats,
Savait régler la marche et pousser les combats,
Plus puissant que Guillaume, il courait les provinces,
Traînant, pour la curée, une meute de princes ;
Et, près de lui, Bismarck, ignorant écolier,
Des intrigues encore eut appris le métier.

Non : dans leur sot orgueil, des barbares leurs pères
Ils n'ont point conservé les qualités guerrières ;
Et, fils abâtardis, ils n'en ont hérité
Que les instincts voleurs et la férocité.

§

Nourris dans la paresse, élevés dans l'ordure,
Des fruits de nos labeurs ils feront leur pâture.
Pour emporter notre or sous leurs chaumes croulants,
Ils fouleront aux pieds nos cadavres sanglants;
Et, du pauvre village à la cité puissante,
Leurs mains allumeront la flamme dévorante.

Ces chemins dégradés sous le choc des obus,
Au penchant des coteaux, ces bosquets abattus,
Ces jardins dépouillés de leur riche parure,
Ces prés et ces sillons délaissés sans culture,
Et ces murs, jusqu'au sol renversés et noircis :
Tous ces restes affreux d'un immense débris,
C'est Bazeilles, tranquille et florissant village (6)
Avant les jours maudits de l'horrible carnage.

Entendez-vous les cris, le tocsin, les canons?
Voyez-vous se heurter les sanglants bataillons?
Quels sont ces fiers soldats dont la hache intrépide
Fait voler dans les rangs une mort si rapide?
De nos vieux loups de mer ce son les vaillants corps;
Ils sont peu, mais tout plie et cède à leurs efforts.
Terribles sont leurs bras abattant la fauchée,
Terrible est la moisson dont la plaine est jonchée.
Dix mille Bavarois, aux dévorants corbeaux
De leurs membres épars laisseront les lambeaux;
Et Bazeilles a vu leurs dépouilles saignantes
Engraisser, pour longtemps, ses jachères fumantes.

Aussi, quand des combats eut cessé la fureur,
Les Bavarois, alors, montrant de la valeur,
Sur le noble hameau, qui restait sans défense,
Se sont précipités en hurlant la vengeance.
Là, des hommes sont morts, qui n'étaient point guerriers;
Des enfants sont tombés sous les coups meurtriers;
Des femmes, sur leurs fils pleurant agenouillées,
Trois jours après la lutte ont été fusillées;
Trois jours après la lutte, on vit les furieux
Revenir à la charge et rallumer les feux...
Et, des paisibles toits de cet heureux village,
Un seul resta debout, échappant au ravage,

Implacable témoin qui vivra jusqu'au jour
Où sur Munich tombé nous aurons notre tour.

O Bazeilles, adieu ! .. Tu n'entends plus le pâtre
Chanter un doux refrain, le soir, auprès de l'âtre ;
Tu n'entends plus le bruit des fléaux cadencés,
Martelant les épis dans la grange pressés ;
Tu n'entends plus les bœufs, les vaches mugissantes,
Ni les brebis traînant leurs mamelles pendantes.
Sur tes murs écroulés, sur tes tristes débris,
Ainsi qu'en un tombeau, le silence est assis ;
Seul, l'oiseau de la mort, de son aile poudreuse,
Il veille, en l'effrayant, la solitude affreuse.
Tes pauvres laboureurs qui cherchent, dans la nuit,
Les restes calcinés de leur foyer détruit,
En fouillant ton sépulcre, en remuant tes pierres,
Verront se soulever les ombres de leurs frères ;
Et, murmurant tout bas un langage sans voix,
Ces ombres leur diront : « C'étaient les Bavarois. »

Ainsi Voncq et Balan, abandonnés aux flammes (7) ;
Ont vu tuer leurs fils, emprisonner leurs femmes ;
Ainsi dans Châteaudun, qu'ils avaient saccagé,
Plus d'un enfant est mort sur son père égorgé !

Les pleurs du malheureux, la voix de la justice
N'ont jamais retardé le moment du supplice.
Le fer est sans pitié dans la main des bandits.
Malheur au citoyen qui défend son pays !
D'une basse vengeance il devient la victime,
Et son patriotisme est puni comme un crime.

Trois paysans, Leroy, Poulette et Debordeaux,
La nuit, près de Soissons, ont quitté leurs hameaux.
L'un, du pauvre village instruisant la jeunesse,
Dans la paix du devoir attendait la vieillesse ;
Les autres, sur le sol penchés dès leur printemps,
Cultivaient leurs jardins et labouraient leurs champs.
Ils ignoraient la guerre, et de leurs mains timides
N'avaient jamais touché les armes homicides.
Les Teutons arrivaient ; et la patrie en pleurs
A sa gloire tombée implorait des vengeurs.
Hardis et dévoués, poussés d'un saint courage,
Ils ont osé combattre ; et la troupe sauvage,
Devant ces paysans qui venaient l'assaillir,
D'une fuite honteuse eût peut-être à rougir.
Ils devaient se venger ces bandits implacables,
Et la mort attendait les sublimes coupables.
O souvenir affreux ! Eternel déshonneur !
Des frères ont livré leurs frères au vainqueur !

Et ces humbles héros, sous la balle ennemie,
Donnant sans murmurer leurs jours à la patrie,
Des Teutons assassins diront la cruauté
Et d'indignes Français l'horrible lâcheté.

§

Mais du devoir pourtant la flamme auguste et sainte
Sur notre sol vaincu n'est point partout éteinte.
Si dans l'ombre parfois d'infâmes délateurs
Ont de nos ennemis secondé les fureurs ;
Des bras ardents, des cœurs remplis de la patrie,
L'arracheront peut-être à sa lente agonie ;
Et des envahisseurs l'audacieux coursier
Ne foule point encor le pays tout entier.

France, relève-toi pour soutenir l'orage.
Imprudemment conduits par des chefs sans courage,
Si tes premiers enfants n'ont pu te protéger,
Que d'autres, plus heureux, accourent te venger.
Que Paris, que Bordeaux, armés pour la défense,
Des soldats citoyens enflamment la vaillance !

Que du nord au midi, des bataillons nouveaux
A des combats plus fiers conduisent nos drapeaux !
Et que nos ennemis, payant cher leur victoire,
A leurs femmes en deuil ne portent point leur gloire !

Allez ! nobles enfants. Que les lâches terreurs
N'arrêtent point vos pieds, ne troublent point vos cœurs !
Ne fuyez pas... Mourez, si le destin l'ordonne ;
Et surtout que jamais votre main n'abandonne
Le fer dont la patrie, au moment du combat,
Pour garder sa grandeur, honore le soldat.

Allez ! Et, retrouvant le chemin des conquêtes,
Ecrasez l'ennemi d'effroyables défaites ;
Et, qu'enfin nos vieillards, sur le front des guerriers,
De l'honneur reconquis déposent les lauriers.

Oui : des malheurs passés courez venger l'outrage,
Dûssent vos chefs encor trahir votre courage !
Et si, vainqueurs bientôt, vous voyez ces Germains
Se jeter à genoux et vous baiser les mains,
Vous serez sans clémence, et vos justes colères
Ne pardonneront point aux bourreaux de vos frères.

§

Pour nous, dont leurs chevaux ont mangé les moissons,
Pour nous, qu'ils ont chassés, la nuit, de nos maisons.
Pour nous, dont les douleurs gémissent impuissantes :
Jusqu'au jour glorieux des revanches sanglantes,
Nous ne faiblirons pas ; et devant leurs fureurs,
Si nous pleurons, du moins nous cacherons nos pleurs.

Que de hontes pourtant, que d'amères souffrances
Nous préparent encor leurs rapaces vengeances !

Tels de faibles Lapons, dans leur terrier tremblants ;
Quand, du haut des rochers, accourent les ours blancs :
A la voracité des bêtes carnassières,
Qui n'épargneraient point les enfants ni les mères,
De leur pêche féconde ils jettent les produits
Et perdent, en un jour, l'espoir des longues nuits...

Ainsi nous avons fait. Ou plutôt, les barbares,
Etendant sur nos toits leurs larges mains avares,
Ont dévasté partout les riches mobiliers,
Et du pauvre n'ont point respecté les deniers.

De nos frères souffrants aggravant les supplices,
Ils les ont, sans pitié, chassés de nos hospices;
Et ces infortunés, qui n'auront plus de pain,
A leurs bourreaux peut-être iront tendre la main.

Misérables ! Couvrant de sordides guenilles,
Dans leur chaume enfumé, leurs chétives familles,
Et forcés, bien souvent, d'aller sous d'autres cieux,
Chercher, pour s'y nourrir, un climat plus heureux,
Ils ont voulu, chez nous, le luxe des richesses,
D'un bien-être inconnu les joyeuses mollesses,
Les nocturnes festins, les lourds enivrements,
Des femmes sans vertu les chauds embrassements...
Et, durant de longs mois, leurs valets de charrue,
Insultant de leur pied le pavé de la rue,
Sous nos yeux, qu'abaissait une juste pudeur,
De nos tabacs volés, ont fumé le meilleur !

Dans nos mornes cités, esclaves sans défense,
Nous portons de leur joug la cruelle insolence.
Tous les jours, condamnés à des impôts nouveaux (8),
Nous donnons de nos biens jusqu'aux derniers lambeaux ;
Sur nos murs, tous les jours, des affiches hideuses
Étalent des brigands les menaces affreuses ;
Si des fils courageux, répondant à l'honneur (9),
Vont grossir les soldats d'un bataillon vengeur,
Leur mort est arrêtée ; et, trop souvent, leurs pères
Des monstres furieux subiront les colères ;
Les lâches ! en chemin s'ils craignent le danger (10),
Un citoyen, près d'eux, ira le partager ;
Et les forts allemands garderont comme otages
Des pays occupés les plus nobles courages.

Plus malheureux encor sont nos pauvres hameaux,
Quand, avec les Teutons, accourant tous les maux,
La peste, en un instant, de ses coups effroyables,
Anéantit l'espoir des plus riches étables ;
Quand l'ennemi, foulant leurs prés et leurs sillons,
De la grange envahie emporte les moissons ;
Et prenant leurs chevaux, enlevant leurs voitures,
Sous le fouet ou le sabre étouffant leurs murmures,
Jusqu'aux murs assiégés contraint les paysans (11)
A porter du combat les engins menaçants.

Il faut leur obéir : ces conquérants infâmes (12)
Ont frappé du bâton des enfants et des femmes ;
Et plus d'un citoyen, justement révolté,
A payé de sa vie un moment de fierté.

§

Près de Soissons encor, sur les rives de l'Aisne (13),
Un fermier cultivait son modeste domaine;
Il avait des enfants; et, durant tout le jour,
Son épouse l'aidait aux travaux de labour.
Fatigué, mais content, le soir, sous sa chaumière,
Il pressait de ses bras sa famille et la mère;
A la table frugale il soupait avec eux,
Et bientôt s'endormait en des songes heureux.

Tout-à-coup, comme un tigre enflammé de furie
Qui poursuit les troupeaux épars sur la prairie,
L'ennemi de la ferme a renversé l'enclos;
Il a jeté les blés aux pieds de ses chevaux;
Il a, dans son étable, abattu la génisse,
Des plus jeunes enfants bienfaisante nourrice;

Il a volé le vin, généreuse boisson
Réservée aux labeurs de la chaude moisson ;

Et, l'attachant au joug de ses fourgons de guerre,
Il a pris du fermier la ressource dernière,
De leurs rudes travaux le frère courageux
Qui vivra peu de jours, ne vivant plus près d'eux.

Brave, mais impuissant, dans un morne silence
Le paysan subit l'atroce violence.

Mais quand un officier, insultant son honneur (16),
De sa femme à genoux menaça la pudeur,
Il bondit, et sa main, prompte à venger l'outrage,
Trois fois de l'impudent souffleta le visage...
Et la torche aussitôt, du seuil jusqu'au grenier,
Ne fit de sa maison qu'un immense brasier ;
Et, déchiré de coups, renversé sur les dalles,
L'infortuné mourut, percé de mille balles.

La mort ne suffit point à ces nobles vainqueurs,
Et leur gloire se plaît aux sinistres horreurs.
L'épouse et les enfants que glaçait l'épouvante,
Ne purent embrasser la victime expirante ;
Et ce corps innocent, qu'ils avaient tant aimé,
Arraché de leurs mains, sanglant, inanimé,

Suspendu, sous leurs yeux, à la poutre noircie,
Pour l'honneur des bourreaux, perdit deux fois la vie.

L'orgueil de deux vieillards a voulu ces forfaits.
Des barbares soldats devançant les excès,
Il a, dans les cités, ordonné le pillage,
Il a couvert les champs de deuil et de carnage;
Et, parmi les tombeaux se couchant sans remords,
Il s'endormait tranquille au milieu de ses morts.

O Dieu ! Tu n'es donc point le Dieu de la justice,
Toi, qui mènes Guillaume et te fais son complice ?
Toi, qui soutiens son bras et diriges ses coups?
Qui lances, sans pitié, ses hordes contre nous ?
Qui jettes, sous ses pas, d'innombrables victimes,
Et prêtes ta puissance à couronner ses crimes ?
Non ! Toi dont la colère inspire les combats,
Qui te plais dans le sang, ne vis que de trépas,
Je ne te connais point, Dieu de la Germanie,
Et la terre indignée, avec moi, te renie !

CHANT TROISIÈME

LE BOMBARDEMENT

CHANT TROISIÈME

LE BOMBARDEMENT

---

§

Au pied de ces coteaux, sous ces bosquets charmants,
Quel est ce triste amas de décombres fumants?
Les toits sont effondrés dans les caves béantes,
Les murs sont descendus de leurs bases tremblantes ;

Les bois sont calcinés, et les bronzes tordus
Au milieu des plâtras sont roulés et perdus ;
Des profondeurs du sol la pierre est arrachée;
Et les affreux débris, dont la terre est jonchée,
Arrêtent le passant, de sa marche incertain,
Et partout, sous ses pas, effacent le chemin.

Est-ce bien to', Saint-Cloud, campagne ravissante, (1)
Qu'ornait de cent villas la gaîté florissant e?
Où Paris fatigué venait, de tes berceaux,
Respirer la fraîcheur et goûter le repos ?

Oui : c'est toi, renversé sous le boulet infâme,
Par le fer déchiré, dévoré par la flamme,
Tel, hélas ! que t'ont fait dans leur basse fureur,
Les implacables mains d'un barbare vainqueur.
Ne pouvant te garder, leur aveugle colère
A lancé sur les toits la torche incendiaire :
« Brûlez, disait Guillaume, et, jusqu'au sol rasé,
Que Saint-Cloud, pour jamais disparaisse embrasé. »
Et les murs aussitôt sont enduits de pétrole,
Les brandons sont lancés, le feu pétille et vole...
Et le roi des Teutons, debout et radieux,
Disait, en admirant ces ravages hideux :
« J'aurai bien mérité du Dieu qui me contemple,
Si j'ai tout ravagé, j'ai respecté son temple. »

§

Il ne respectait rien, quand des murs et des forts
Arrêtaient son armée et bravaient ses efforts.
Et Paris, qui voyait un horrible incendie
Emporter de Saint-Cloud la fortune et la vie,
N'ignorait point le sort qu'à ses fiers monuments
Préparait le courroux des lâches assiégeants.

Ce n'est point au hasard que leurs mains criminelles (2)
Foudroyaient de leurs coups nos cités les plus belles.
Ils savaient quel abri des âges écoulés
Conservait les travaux à grand prix rassemblés,
Trésor inestimable où l'avide jeunesse
S'instruisait dans les arts et puisait la sagesse ;
Ils connaissaient les murs noblement orgueilleux
Où brillaient les pinceaux des artistes fameux...
Et ce peuple ignorant, ces hordes de barbares
Détruisaient à plaisir nos livres les plus rares ;

Et leurs chefs envieux, retirés sur les monts
D'où, prudemment cachés, s'allument leurs canons,
Abattaient les splendeurs de nos riches sculptures,
Et livraient aux boulets nos toiles les plus pures.

Les palais somptueux, les dômes éclatants,
Et les sublimes tours des sacrés monuments,
Ces merveilles de l'art que l'univers admire,
Ne seront à leurs yeux qu'un heureux point de mire;
Et souvent un ministre, au pied du saint autel,
Où peut-être pour eux il priait l'Éternel,
Holocauste innocent de cette atroce guerre,
Tombera tout d'un coup foudroyé sur la pierre.

N'a-t-on pas vu leurs traits, habilement lancés,
Parmi les mille toits dans la ville pressés,
Distinguer de nos maux les paisibles asiles,
Les broyer à dessein ; et d'affreux projectiles,
Écrasant sur sa couche un pauvre agonisant,
De la mort qui s'approche avancer le moment ?

O race de Teutons, lâche autant qu'hypocrite,
Que ta duplicité soit à jamais maudite !

Ils se disent savants. et condamnent aux feux
Les antiques tableaux, les livres précieux !

Ils fatiguent le ciel de leurs humbles prières,
Et leur main sacrilége abat les sanctuaires !
Et quand, n'abordant point les courageux combats,
Pour vaincre des guerriers qui ne les craignent pas,
Dans la ville attaquée ils allument les flammes,
Dévouant à la mort les vieillards et les femmes,
Ils vantent leur justice au monde épouvanté
Et font parade encor de leur humanité !

Ainsi finit Strasbourg, cité riche et puissante
Qui commandait du Rhin la vague frémissante.
Jaloux de ses grandeurs et vivant de son pain,
Les Badois, peuple serf de l'empire germain,
Pendant des mois entiers variant les supplices,
Ont bombardé ses toits, ses palais, ses hospices.
Et quand, dans la Cité, les citoyens mourants
N'eurent plus, sous leurs pieds, que des débris fumants ;
Quand Urich eut laissé tomber la résistance,
Content de garder seul sa douce indépendance :
De ses bronzes vainqueurs oubliant les exploits,
Werder osa chanter la valeur des Badois !

Ainsi finit Verdun, frappé de la mitraille !
Dédaignant le rempart, respectant la muraille,

Les boulets ont brisé Toul, Phalsbourg et Soissons ;
Et partout attaquant les temples, les maisons,
De Péronne et Rocroy, Thionville et Mézières
Ils n'ont fait qu'un monceau de débris et de pierres.

Oui : l'obus enflammé, le rouge biscayen
Seuls ont livré nos murs au joug du Prussien ;
Et leur roi, sans danger, se couronnant de gloire,
Ne doit qu'à ses forfaits sa cruelle victoire.

Combien de jours honteux, devant d'autres cités,
Impuissants et craintifs, ne sont-ils point restés,
Quand des forts se dressaient, détachés de la place,
Et de leurs alentours balayaient la surface ?

Non, non : Paris et Metz, sous d'autres généraux,
N'eussent point dans la boue abaissé leurs drapeaux ;
Et Denfert, à Belfort, a prouvé que la France
N'avait point tout perdu de sa mâle vaillance.

Qu'ont-ils fait de si grand, ces vaniteux guerriers,
Ce faisceau tant vanté de vingt peuples entiers ?
Ils ont creusé la terre, élevé des redoutes,
Abattu devant eux les arbres sur les routes ;

Dans les bois retranchés, à l'abri des canons,
Ils ont bravé de loin le feu des bastions ;
Dans un cercle de fer, sous une horrible étreinte,
De la ville assiégée ils ont serré l'enceinte ;
Et, fiers, ils ont dormi, sachant trop qu'à la fin,
A défaut de courage, ils vaincraient par la faim.

N'ont-ils plus souvenir de cette antique race
Dont, fils dégénérés, ils occupent la place ?
Les Huns, abandonnant leurs stériles forêts,
Enviaient, ainsi qu'eux, de plus riches guérets.
Ils aimaient la fortune, ils couraient au pillage ;
Mais, au champ du combat montrant un vrai courage,
Ils attaquaient en face, et, luttant corps à corps,
Par la force toujours ils enlevaient les forts.

Moins braves aujourd'hui, mais pourtant plus habiles,
Leurs fils ont mieux appris l'art de dompter les villes :
Pourquoi, contre les murs qu'ils devront assiéger, (3)
D'un assaut valeureux affronter le danger ?
Et pourquoi s'exposer à subir la défaite,
Quand on peut, sans péril, emporter la conquête ?

Cent fois, leurs bataillons, au faîte du rempart,
Tenteraient de planter le sanglant étendard ;

Et cent fois, reculant jusque dans leurs tranchées
De mourants et de morts affreusement jonchées,
Peut-être on les verrait, accusant le Destin,
Se sauver sans honneur, et surtout sans butin.
Non : leurs bras sauront bien éluder la bataille ;
Leurs pieds n'essaieront point de gravir la muraille.
Non : périssent plutôt sous leurs toits écroulés,
Les ouvriers tremblants, les bourgeois affolés !
Périssent, sous les poids des bombes meurtrières,
Près des jeunes berceaux, les femmes et les mères !
Et, pourvu que du roi le nom soit triomphant,
Périsse, dans le feu, jusqu'au dernier enfant !

§

Jeanne était jeune et belle ; et, depuis deux années,
Elle avait à Louis uni ses destinées.
Ils s'aimaient. Le travail et la sobriété
Apportaient au logis l'aisance et la gaîeté.
Sur les remparts, un jour, défendant la Patrie,
Louis, triste et pensif, songeait à son amie ;
Et Jeanne, frémissant au bruit sourd des combats,
Baisait le nouveau-né qui dormait dans ses bras ;
Et demandait à Dieu, dans sa douce prière,
Que de ce tendre enfant il épargnât le père.
Un obus, tout à coup, perçant les faibles toits,
Autour d'eux a jeté cent débris à la fois ;
Et l'enfant qui dormait, sur sa mère écrasée
Appuie, en gémissant, sa poitrine brisée.
Toi, que la pauvre Jeanne à l'instant implorait,
O Dieu, n'épargne point l'époux qu'elle adorait !
Ordonne qu'aux remparts l'infortuné succombe,
Et, qu'ignorant leur mort, il partage leur tombe.

§

Si leurs canons, lançant un océan de feu,
Vont, jusque dans leur lit, brûler des malheureux
Notre armée, à son tour, sous leurs sombres retraites,
Souvent, d'une main sûre, a foudroyé leurs têtes.

Combien ont succombé de ces lourds bataillons,
Et de leur sang maudit ont rougi nos sillons !
Combien de ces brigands, regrettant leur patrie,
Ne verront plus le toit où commença leur vie !
Et combien d'orphelins et de veuves en pleurs
Accableront Guillaume un jour de leurs fureurs !

Voyez-le ce guerrier qui de la Forêt-Noire
A quitté les vallons pour courir à la gloire,
Voyez-le chancelant, du coup mortel frappé !
De ses doigts engourdis son glaive est échappé;
Son corps s'appuie en vain sur sa lance tremblante;
Son épaule frémit ; sa tête est défaillante.

Il s'affaisse : son front se couvre de pâleur,

Et déjà son haleine a perdu sa chaleur.

Le sang se fige aux bords de sa large blessure ;

Sa voix, qui s'affaiblit, n'est plus qu'un sourd murmure.

Il voit le ciel tourner en affreux tourbillons ;

Il voit s'ouvrir du sol les abîmes profonds...

Et, quand il va mourir, quand la terre béante

S'apprête à dévorer sa dépouille sanglante,

Ses frères, près de lui, célébrant leurs exploits,

De joyeuses clameurs font retentir les bois !

Qu'ils sont cruels alors les chants de la victoire !

On n'en tombe pas moins, pour tomber dans la gloire.

Sa vie était heureuse et pleine de beaux jours :

Il avait sa maison, il avait ses amours.

C'est là, dans le bosquet, sous l'ombrage d'un hêtre,

Que dorment les troupeaux que sa main faisait paître ;

C'est là que ses enfants, ignorant leurs malheurs,

Viennent jouer encor sur la prairie en fleurs ;

C'est là que sa compagne, en filant sa quenouille,

Appelle son retour et souvent s'agenouille...

Et, sous l'arbre ignoré, pour l'honneur des tyrans,

Le berger dormira loin de ses doux enfants,

Loin de sa jeune épouse, et loin de sa chaumière
D'où ses féconds labeurs écartaient la misère !

C'est ainsi que passaient, devant ses yeux éteints,
Les tableaux fortunés de ses premiers destins ;
C'est ainsi que, flottant sur un vague nuage,
Son esprit se portait aux toits de son village,
Tandis que, s'épuisant en un dernier effort,
Il achevait enfin sa lutte avec la mort.

Et Guillaume, à cette heure, enivré de conquêtes,
Ordonnait qu'à Berlin on préparât ses fêtes.

O vous, fils du mourant, de vos chefs orgueilleux
Oublierez-vous jamais les exploits monstrueux ?
Et, dans leur sang versé, votre juste colère
Vengera-t-elle au moins le sang de votre père ?

Mais que fait à ces rois le cri de la douleur ?
N'est-ce point sur des morts que s'assied leur grandeur ?
Si la victoire attache au front des plus coupables
Son éclatant bandeau, ses lauriers redoutables,
Les peuples éblouis n'adoreront-ils pas
Les monstres dont la voix ordonnait leur trépas ?

On a bien adoré l'impitoyable Corse
Qui, mettant la justice aux genoux de la force,
De cent peuples divers massacra les enfants
Et sema de tombeaux ses exploits triomphants !
On a bien adoré Charlemagne, Alexandre,
Tant d'autres conquérants que l'on vit se répandre
Comme un lac furieux qui ravage ses bords
Et dans ses flots profonds ne roule que des morts !
Et Guillaume, assez grand pour dépasser leurs crimes,
Guillaume, couronné d'innombrables victimes,
Sur un trône inondé du sang des malheureux,
Guillaume a mérité d'être adoré comme eux !

§

Mais pour gravir l'Olympe et dominer la terre
De l'éclat de ta voix, des coups de ton tonnerre,
Tu voudrais, ô Teuton, que la grande Cité
Apportât à tes pieds son or et sa fierté,
Et que de tes soldats les lourdes compagnies
Souillassent de Paris les places envahies.

Va ! Couche les maisons sous tes longs obusiers,
Immole les enfants, sans toucher aux guerriers,
Tandis que, t'écartant des vaillantes batailles,
Tu dors tes nuits d'ivresse au château de Versailles !
Va ! détruis par la faim de nobles combattants
Que n'osent point forcer tes lâches assiégeants !
Va ! poursuis sans honneur cette effroyable guerre !
Ton orgueil insensé n'aura point son Homère
Pour célébrer, un jour, dans la langue des Dieux,
Ton courage menteur, tes succès odieux.

C'est Paris, hier encor la ville des délices,
Des théâtres, des bals, des séduisants caprices,
La ville où l'étranger altéré de plaisir,
Où le Tudesque même accourait pour jouir :
C'est Paris qui, sortant de sa longue mollesse,
A trouvé tout d'un coup la valeur, la noblesse,
La constance et la foi, ces vertus du malheur
Qui montrent le vaincu plus grand que son vainqueur.

Paris, suprême espoir de la Patrie en larmes,
N'avait pour défenseurs que des bourgeois sans armes,
Des soldats fatigués, d'ignorants officiers
Et des derniers appels les novices guerriers.
Autour de lui, partout, les routes sont ouvertes,
Partout, d'envahisseurs les plaines sont couvertes ;
Et ses forts et ses murs, dès longtemps négligés,
Semblent même frémir de se voir assiégés.

Oh ! Paris nous dira, dans ses jours de souffrance,
Combien il dût s'armer de force et de vaillance,
Quand, pendant cinq longs mois, les Germains entassés
Ceignaient d'un triple nœud les remparts menacés !

On craignait tout d'abord que leur mille cohortes
D'un gigantesque assaut n'ébranlassent les portes;

Et que les murs, garnis de rares combattants,
Ne pussent arrêter le choc des assaillants.

Mais le Teuton recule, et, tremblant pour sa vie,
Il n'attaquera point ce Paris qu'il envie.

Déjà, dans la Cité, s'allument les fourneaux,
Les canons vont sortir des vastes arsenaux ;
Et les mains, à l'envi noblement occupées,
Ont forgé des fusils, des lances, des épées.
Retrouvant leur fierté, les remparts et les forts
Bravent des Allemands les timides efforts ;
Et d'immenses travaux, s'avançant de la place,
Repoussent l'ennemi dont le feu les menacent.
Partout, sur les créneaux, de vaillants défenseurs
Attendent des Germains les corps envahisseurs ;
Et, de leurs rangs pressés, couronnant les murailles,
Heureux de voir enfin le signal des batailles,
Pour la lutte suprême ils apprêtent leurs bras,
Préférant à la honte un douloureux trépas.

Trois mois déjà passés, la troupe vigilante
A déjoué les coups de l'armée assiégeante ;
Trois mois déjà passés, et, sans jamais faiblir,
Apprenant à combattre et surtout à souffrir,

Paris, plus d'une fois descendant dans l'arène,
A couché l'ennemi sur la sanglante plaine.
Mais ses chefs, à l'affront dès longtemps résignés,
Arrêtaient dans les murs ses soldats indignés ;
Et, pour fixer enfin ses tristes destinées,
Attendaient de l'hiver les cruelles journées.

§

Le voilà cet hiver, déployant ses rigueurs,
Lançant les noirs frimas et soufflant les douleurs.
Les charbons sont brûlés, et dans la fosse vide
La houille va manquer à l'industrie avide ;
Brillant soleil des nuits, le gaz, sur la cité,
Ne verse plus les flots de sa douce clarté ;
Et la pâle bougie ou la lampe fumeuse
Accordent à regret une lueur douteuse.
Les arbres, arrachés de nos bosquets en fleurs,
N'apportent au foyer que d'avares chaleurs ;
Et, près des feux éteints, la famille glacée,
Gémit avec sa mère et la tient embrassée.

Mais voici la famine, implacable vautour,
Qui va fondre sur eux et les mordre à son tour.
L'argent même, l'argent, désormais inutile,
N'en préservera point les riches de la ville ;

Et tous, rationnés, dans ces communs malheurs,
Subiront du besoin les communes rigueurs.
Les bœufs sont abattus ; les dernières génisses
N'ont pu se dérober aux sanglants sacrifices ;
Les porcs, depuis longtemps, les moutons égorgés
Entre d'avides mains ont été partagés.
Les chevaux seuls restaient : bientôt les nobles bêtes
Au couteau du boucher viendront livrer leurs têtes ;
On tuera les produits qui, des pays lointains,
Sont venus animer nos bois et nos jardins ;
Dans ces jours douloureux de détresses profondes,
On se disputera des animaux immondes ;
Et l'on verra, bravant la neige et les glaçons,
Les femmes des vendeurs assiéger les maisons,
Trop heureuses, le soir, pour prix de leurs tortures,
D'emporter un lambeau des plus viles pâtures.

Le blé, ce doux présent du sillon fécondé,
Qu'au plus pauvre les Dieux ont toujours accordé,
Le blé va disparaître... et les pailles brisées,
Les rebuts dégoûtants des halles épuisées,
De la fève et du son les horribles débris,
Dans un mélange affreux confondus et pétris,
Sans apaiser la faim, sous leur poids indigeste,
Des organes souffrants achèveront le reste.

Tandis qu'un peuple entier s'en prenait au destin
Qui, sourd à ses douleurs, lui refusait du pain :
Est-il vrai qu'échappant aux yeux de l'intendance
Des grains aient encombré les greniers d'abondance ?
Est-il vrai que souvent des chefs, bénis du ciel,
Aient vu de gras chevreuils tomber dans leur hôtel ?
Que la Seine ait jeté, sur leur table friande,
Les saumons de Dieppe et les huîtres d'Ostende ?

Le trépas cependant, terrible moissonneur
Qui fauche, sans pitié, la graine avec la fleur,
Le trépas, s'abattant sur la ville affamée,
Frappe les citoyens, n'épargne point l'armée ;
Et, tombés les premiers, mille enfants, chaque jour,
Dans les cercueils ouverts descendent tour-à-tour.

En vain, depuis des mois, dans l'enceinte investie,
Paris a défendu son honneur et sa vie :
Aux horreurs de la faim, aux dangers des combats
Qu'affronte avec courage un peuple de soldats,
S'ajoutent les douleurs de tortures nouvelles
Et de maux inconnus les épreuves cruelles.

Sous un cercle vivant serré de toutes parts,
Ainsi qu'en un désert perdus dans leurs remparts,

Ils demandent sans cesse aux échos de la France
Si leurs frères enfin, levés pour la défense,
Auront chassé bientôt le lâche envahisseur,
Et bientôt de leurs murs auront sauvé l'honneur.

Les échos sont muets, et nulle voix n'arrive
Parlant de la Patrie à la Cité captive.

C'est alors que, prenant les seuls chemins ouverts,
Les immenses ballons ont vogué dans les airs ;
Et, messagers hardis, quelquefois indociles,
Ont visité les champs, les hameaux et les villes.
Ils ont dit de Paris la sublime vertu,
Les malheurs qu'il souffrait sans en être abattu,
En face du péril sa force et son courage,
Et son espoir enfin d'échapper à l'outrage.

Et souvent des pigeons, habilement dressés,
De Tours ou de Bordeaux dans l'espace lancés,
Cachant un pli secret sous leurs ailes fidèles,
De la France à Paris apportaient les nouvelles ;
Et Paris consolé, de cris de son bonheur,
Saluait le retour de l'oiseau voyageur.

Mais, ô pauvre Cité qu'étreint le roi barbare,
Hâte-toi, le temps presse et ta mort se prépare !

Quel secours attends-tu de tes faibles pigeons ?

Et crois-tu triompher en lançant tes ballons ?

Lève-toi, frappe enfin ; ton choc sera terrible :

Quand il veut se sauver un peuple est invincible.

§

Citoyens et soldats, sous le même étendard,
Le devoir vous appelle au-delà du rempart !
Vous que l'âge a mûris, qui, robustes encore,
Ne supporterez point que l'on vous déshonore ;
Vous dont les vingt printemps, rayonnant dans leur fleur,
Ont tracé sur vos fronts la force et la valeur...
Vous tous qui des frimas avez bravé la rage
Et dont la faim n'a point abattu le courage :
Allez, loin des créneaux, de vos coups redoutés
Assaillir les Teutons dans leurs bois abrités.
Vous avez des fusils pour la noble bataille,
Vos canons, à leur tour, renverront la mitraille...
Allez ! et, réunis aux soldats d'Orléans,
Du pays délivré chassez les Allemands !

Vous ne les craignez point ces bandes de sauvages
Préférant aux combats de faciles pillages.

Abordez-les enfin ces Attilas du Nord :
Leur pied n'est point rapide, et leur bras n'est point fort;
Leur âme est sans grandeur, leur cœur sans énergie;
Si leurs traits sont cruels, leur œil n'a point de vie.
Ils aiment le sommeil, la table, les loisirs;
Et, plus mous que la neige, ils fondent aux plaisirs.
Le danger leur fait peur; le fouet qui les menace
Quelques instants à peine, anime leur audace;
Et, des vils animaux, s'ils ont l'avidité,
Ils en ont la paresse et la stupidité.

Allez ! marchez contre eux : leur valeur usurpée
N'attendra pas, pour fuir, le choc de votre épée.

Et toi, Trochu, parmi tant de nobles soldats (4)
Dont le cœur exalté demande les combats,
Choisis les plus hardis : ils seront trois cent mille,
Comme un torrent fougueux, s'élançant de la ville.
Pourquoi les retiens-tu ? Tous les bras sont armés;
Les simples citoyens tout d'un coup transformés,
De leurs murs investis jurant la délivrance,
Des héros du vieux temps atteindront la vaillance;
Et prêts au sacrifice, et brûlant de sortir
Ils ne redoutent point la gloire mourir.

Serais-tu moins vaillant ? Et, seul de tant de braves,
Craindrais-tu d'essayer à rompre vos entraves !

Quoi ! l'on dit que, timide et flottant incertain,
De la Patrie au ciel tu remets le destin,
Et, qu'au lieu de combattre, en ton sombre oratoire,
Tu vas de Geneviève implorer la victoire !

Eh ! tu ne sais donc pas, commandant sans valeur,
Qu'il faut compter sur soi pour dompter le malheur ?
Que le patriotisme abat tous les obstacles ?
Que le dévouement seul fait encor des miracles ?

Et vous, ses officiers, d'un empire odieux (5)
Serviles courtisans, généraux malheureux,
Ne saisirez-vous pas la chance fortunée
D'effacer de Sedan la honteuse journée ?
Et poussant, vers la Marne, un vigoureux effort,
Ne saurez-vous trouver la victoire ou la mort ?

Mais dans vos faibles mains la défense impuissante
Ne retardera point la chute menaçante :
Vous ignorez votre art, et c'est dans les salons
Que vous avez conquis vos plus brillants galons.

Soit : que de la Cité s'achève la ruine,
Et que le peuple entier succombe à la famine ;

Que l'ennemi forçant nos portes, nos remparts,
Vienne sur nos palais planter ses étendards ;
Qu'il livre nos maisons, nos temples au pillage ;
Qu'il souille nos foyers des horreurs du carnage ;
Peut-être espérez-vous ramener avec eux
Du Corse, votre ami, l'empire ténébreux,
Et du maréchalat, pour prix de vos services,
Recueillir les honneurs, surtout les bénéfices.

Sous des chefs sans vertu qui, reculant toujours,
N'ont eu d'habileté que pour sauver leurs jours.
Serait-il arrivé ce moment d'épouvante
Où Paris au Germain tend sa main suppliante ?
Ce moment de colère et d'affreuse douleur
Où s'éteint dans la mort le dernier cri d'honneur ?

Non : ce n'est point Paris dont le cœur sans vaillance
De sa fière muraille a trahi la défense ;
Il avait de ses mains fabriqué ses canons,
Il avait de mitraille armé ses bastions ;
Il avait ses guerriers, troupe mâle et nombreuse
Dont les Teutons craignaient la fougue impétueuse.

Et qu'en a fait Trochu ? Redoutant les combats
Trochu se dérobait au cri de ses soldats

Qui, secouant la honte et frémissant de rage,
Pareils à des lions renfermés dans leur cage,
Voulaient briser le cercle infâme et douloureux
Dont les emprisonnaient des ennemis peureux ?

Trois fois ils sont sortis : un général timide (6)
Trois fois a suspendu leur attaque intrépide.
Là sont tombés, luttant dans un sublime assaut,
Et Gustave Lambert et le peintre Regnault,
Lorsque des commandants, s'égarant de leur route,
N'arrivaient que pour voir l'horreur de la déroute !
Et pourtant les Saxons, à Champigny battus,
Au parc de Buzenval, les Prussiens vaincus,
Diront ce que valaient ces guerriers de la ville,
Et combien le succès leur eût été facile.

Enfin tout est perdu ! Tremblant, épouvanté,
Aux genoux de Bismark, Favre, en pleurs, s'est jeté.
Guillaume triomphant va dormir dans sa gloire,
Et cueillir, sans péril, sa dernière victoire.
Ces nobles débauchés, sous nos brillants palais,
De nos vins les plus doux s'enivrant à nos frais,
Attendaient que le temps, aidant à leur armée, (7)
Leur livrât, sans combat, une ville affamée ;
Et que Paris vaincu, pour un morceau de pain,

Se traînant à leurs pieds, vint leur baiser la main.
Cette heure allait sonner...

                                   L'impitoyable histoire
Des coupables un jour flétrira la mémoire ;
Et nous saurons alors si la grande Cité
Ne doit son déshonneur qu'à l'incapacité.

CHANT QUATRIÈME

L'ARMISTICE

CHANT QUATRIÈME

L'ARMISTICE

§

Dans un ciel moins troublé se taisait le tonnerre :
Ce n'était point la paix, ce n'était plus la guerre,
Et d'une trève enfin, le décret protecteur,
De l'un et l'autre camp suspendait la fureur.

7

Mais l'Allemand perfide, insultant la justice,
Se riait en secret des lois de l'armistice ;
Et, nous laissant l'honneur du devoir respecté,
Poursuivait la conquête à l'abri du traité.
Au mot d'ordre, poussant leurs marches criminelles,
Leurs chefs ont envahi des provinces nouvelles ;
Et de grandes cités, au mépris de tous droits,
De ces guerriers voleurs ont subi les exploits.
Nos campagnes encore ont vu d'affreux pillages ;
Nos villes ont gémi sous de plus durs outrages ;
Et partout dans nos forts, privés de leurs canons, (1
La mine allait briser les derniers bastions.

Pourtant ils frémissaient de honte et de colère
En songeant que Belfort, soutenant seul la guerre,
Balancerait leur gloire et garderait son or ;
Qu'un simple colonel, hélas ! il l'est encor,
Arrêtait leurs Badois sous les murs de la place,
Et de leur grand Werder paralysait l'audace.

Peut-être allaient-ils même expier leurs excès :
Au secours de Belfort arrivaient des Français.
Craignant d'un vrai combat la défaite sanglante,
L'assassin de Strasbourg en trembla d'épouvante.

Mais le chef, dont le bras conduisait nos guerriers,
Avait, aux champs messins, oublié ses lauriers ;
L'Angleterre avait ri de sa folle équipée,
Et le Nord n'avait point voulu de son épée.

Werder osa combattre. Et, quand de Saint-Quentin
Manteuffel accouru vint lui donner la main,
Il avait assuré ses lignes de défense,
Vaincu de Bourbaki la timide vaillance ;
Et vingt mille Allemands, stupéfaits du succès,
Rompaient tous les efforts de cent mille Français.

Battus, mais non détruits, honteux, mais pleins de rage,
Nous pouvions des combats ressaisir l'avantage,
Quand, du salut commun tout entier occupé,
Mais par Favre et Bismarck indignement trompé,
Gambetta, sur la foi des traités de Versailles, (2)
Fit, autour de Belfort, suspendre les batailles.
Manteuffel s'approchait. Pendant que nos soldats
Reposaient sous la tente et ne soupçonnaient pas
Que ces mêmes traités, endormant leur prudence,
Aux coups de ce bandit les livraient sans défense :
Le lâche, se glissant dans l'ombre, sous les bois,
Occupait autour d'eux cent chemins à la fois,

Les serrait de plus près, leur coupait la retraite,
Et, sans danger pour lui, préparait leur défaite.

Brusquement assaillis, cernés de tout côté,
En vain de l'armistice invoquant l'arrêté,
Ecrasés sous les feux qui partent des ravines,
Des bois inexplorés, des traîtresses collines,
Ils sauveront à peine, en un désordre affreux,
Sur un sol étranger leurs débris malheureux.
Et, ne respectant point les plus saintes barrières,
Les canons de Guillaume, au-delà des frontières,
Sous le toit indigné de généreux voisins
Les frapperont encor de leurs coups assassins.

Non : dans ces temps affreux d'une trêve perfide,
Ils n'ont point déposé leur épée homicide ;
Et cent forfaits nouveaux diront si le traité
Garantissait nos jours de leur férocité.

§

Nos troupes, un matin, sortaient de Hauteville. (1)
Rien ne troublait la paix de ce hameau tranquille.

Nos blessés, restés seuls, sur leur lit de douleurs,
Sans se plaindre, attendaient le secours des docteurs.
Les voilà ! C'est Morin, noble et doux caractère,
Qui soignait le guerrier, en maudissant la guerre ;
C'est Milliat qui sut, en ces jours désastreux,
Partager avec lui le fardeau périlleux ;
C'est Fleury, c'est Baudot, serviteurs pleins de zèle,
Que le cri du besoin jamais en vain n'appelle.

Une enfant tout-à-coup, à peine elle a quinze ans,
Mourante, est confiée à leurs soins diligents.
Un farouche Teuton, exerçant son adresse,
A labouré son sein, a tué sa jeunesse ;
Et peut-être, le soir, ses compagnes en pleurs,
Sur son pauvre cercueil viendront jeter des fleurs.

Les infirmiers émus gémissaient de ce crime,
Et Morin s'efforçait de sauver la victime.

Mais quel bruit effroyable a troublé la maison ?
Le pavé retentit sous le choc du canon ;
La porte est renversée et la tourbe ennemie
S'élance, en rugissant, dans la salle envahie.

Cruels, retirez-vous !... Ils sont sacrés, les lieux
Où gémit sur sa couche un soldat malheureux.
Eloignez vos canons, abaissez votre glaive,
Et sachez respecter les décrets de Genève :
Vous en voyez partout le paisible étendard
Et partout l'ambulance en porte le brassard.
Fuyez ! fuyez ! Ces murs ne recèlent point d'armes :
Vous ne foulez ici que l'asile des larmes.

Vains efforts ! la pitié pour eux n'a point de voix ;
La justice, à leurs yeux, est sans force et sans droits.
Paris n'a-t-il point vu leurs sauvages colères,
Même après le combat, verser le sang des Frères,
Quand, sous le drapeau blanc, ces sauveurs courageux
Allaient des deux partis soigner les malheureux ?

Les monstres ont frappé... Criblé de la mitraille,
Morin tombe, et sa tête a rougi la muraille ;

Arraché de la salle et traîné dans la cour,
Milliat, sous leurs coups, va périr à son tour ;
Et Baudot et Fleury, le corps percé de balles, (1)
Etendus, tout un jour, sur les sanglantes dalles,
Ne pourront échapper à ce cruel trépas
Qu'en simulant la mort sous le pied des soldats.

Sais-tu, chef de bandits, après ce beau carnage,
Comment tes grands guerriers ont montré leur courage ?
Ils les ont dépouillés, ces cadavres saignants,
Ils ont volé leur or, jusqu'à leurs vêtements ;
Et pillant la maison, du maître abandonnée,
Ils ont, dans la débauche, achevé la journée.

Sois content ! Les valets de tes instincts bourreaux
T'appelleront encore à des festins nouveaux :
Ils ont de Hauteville immolé l'ambulance,
Et tué, sans pitié, ses vierges dans l'enfance ;
A des crimes plus grands leurs mains vont s'illustrer,
Et du sang de Miroy tu pourras t'enivrer. (5)

Il habitait l'enclos d'un simple presbytère ;
Et, fidèle aux devoirs du sacré ministère,
Il allait enseignant les vertus au hameau
Et de sa charité soutenait son troupeau.

Les gardes du village, aux combats inhabiles,
Jettèrent à ses pieds leurs armes inutiles ;
Et lui, dans un oubli qu'il croyait éternel,
Il enfouit, le soir, les fusils sous l'autel.

Cinq mois déjà passés, la rouille, dans la terre,
Dévorait lentement les instruments de guerre ;
Et, mouillant tous les jours le parvis de ses pleurs,
Il demandait à Dieu la fin de tant d'horreurs.

Quel fut le criminel, quel fut le misérable,
Qui trahit le secret de ce prêtre adorable ?
Oui, des voix ont trahi le sublime larcin,
Et des mains ont guidé les pas de l'assassin.

Il accourt, partout scrutant d'un œil farouche,
Le pistolet au poing, la vengeance à la bouche.

Pourquoi tant de fureurs ? Pourquoi tant de soldats ?
Lâches ! Le doux martyr ne se défendra pas.
Arrachez au hameau son vénérable père ;
Sur les marches du temple étouffez sa prière ;
Et, de vos sabres nus, frappant l'abbé Miroy,
Gravez ce nouveau crime au front de votre roi.

De débauche et de sang sa puissance rayonne ;
Cet horrible joyau manquait à sa couronne.

Reims a vu ce pasteur traversant la cité,
Toujours humble, mais ferme et plein de dignité :
Son œil, déjà brillant des feux d'une autre vie,
Semblait même imposer à son escorte impie.

Devant leur tribunal, les soldats rugissant,
Comme un vil malfaiteur ont jeté l'innocent.

Arrêtez ! Une trêve a suspendu la guerre :
Que la justice parle et non point la colère.
Qu'a-t-il fait ? Et quels sont ses crimes à vos yeux ?
Français, il a sauvé des Français malheureux ;
Homme, sur tous ses pas semant la bienfaisance,
Il n'a jamais nourri la haine ou la vengeance ;
Et, malgré vos fureurs, dans le temple à genoux,
Prêtre, tous les matins il a prié pour vous.

Arrêtez ! son évêque à vos pieds s'humilie,
Et par ses cheveux blancs vous conjure et supplie !

Arrêtez ! se traînant, un bâton à la main,
Sa mère de nos murs a trouvé le chemin :

Son affreux désespoir, ses sanglots et ses larmes
Du Hun des anciens temps attendriraient les armes!

Mais le Hun de nos jours croirait n'avoir rien fait
S'il oubliait un vol, s'il manquait un forfait :
Le sang le rajeunit : et lorsque son orgie
De la coupe enivrante a bu jusqu'à la lie,
Au râle de la mort il trouve un doux plaisir
Et sur les froids cercueils il aime à s'endormir.

Miroy, de ses vertus dédaignant la défense,
De ses juges-bourreaux attendait la sentence.
Muet et résigné devant l'arrêt fatal,
Il sortit sans pâlir du cruel tribunal ;
Et, donnant au pays sa vie en sacrifice,
D'un pas calme il gagna le lieu de son supplice.

Du sombre février le douzième matin,
A peine du calvaire éclairait le chemin ;
Et de ses premiers sons, lentement ébranlée,
La cloche, dans le temple, appelait l'assemblée.

Hameau de Cuchery, c'est le jour du Seigneur,
C'est le jour où la voix de ton digne pasteur
Dans les cœurs désolés ramenait l'espérance,
Et du ciel, sur les champs, implorait l'abondance.

Tu ne l'entendras point, et tes autels en deuil
Te diront que là-bas s'apprête son cercueil.

Mille s'étaient offerts à frapper la victime :
Trente des plus méchants sont choisis pour le crime,
Ils sont là : de fureurs leurs yeux sont enflammés,
Leur jarret se raidit, leurs fusils sont armés...
Et lui, qu'au dur poteau serrait la froide corde,
Le front calme, le cœur plein de miséricorde,
Il demandait à Dieu de vouloir pardonner
Aux monstres dont les coups allaient l'assassiner.

Et s'adressant aux chefs :

« Laissez-moi mon courage ;

Eloignez de mes yeux ce bandeau qui m'outrage ;
Je ne tremblerai point devant le coup mortel :
Je meurs pour la patrie et je vais vivre au ciel.
Frappez! Puisse mon sang, qui va rougir la terre,
Eteindre pour toujours les fureurs de la guerre.»

Le signal est donné... Vingt balles en sifflant,
Aux pieds de ses bourreaux ont couché l'innocent ;
Et l'on voit expirer sur sa lèvre flétrie,
Avec le nom de Dieu le nom de la patrie.

Miroy, tu n'es point mort... Au milieu des tombeaux

Ta dépouille martyre a trouvé le repos ;

Mais nos cœurs attendris garderont ta mémoire,

Et les âges futurs se diront ton histoire.

Ils diront tes bienfaits, ils diront ta douceur,

De ton patriotisme ils sauront la grandeur,

Ils sauront ton courage en face du supplice...

Mais ta fin sacrilége appelant la justice,

A tes derniers désirs nous n'obéirons pas,

Et nos bras, mieux armés, vengeront ton trépas.

CHANT CINQUIÈME

LA PAIX

CHANT CINQUIÈME

LA PAIX

---

§

Voici l'heure funeste où la paix redoutée
Va peser de son poids sur la France domptée.

Sans arrêter le cours des monstrueux excès
Dont sa meute féroce accablé les Français,
Guillaume daigne enfin arrêter ses conquêtes,
Et, dans un doux repos, jouir de nos défaites.

Que pourraient ajouter aux splendeurs du héros
De faciles succès, des triomphes nouveaux ?
L'univers le contemple, et l'Allemagne entière
Sous ses pieds fortunés balayant la poussière,
Du titre d'empereur, dans le sang acheté,
A couronné le front de sa divinité.

« — Va, dit-il à Bismarck, je borne ici ma gloire :
Il est temps de cueillir les fruits de la victoire.
Déjà Favre et Trochu, craignant de voir contre eux
Se tourner de Paris le courroux furieux,
Implorent à genoux la paix déshonorante
Et nous ouvrent les forts de la ville impuissante.
Va ! que la Gaule enfin, descendue au cercueil,
Expie, en un instant, quinze siècles d'orgueil !
Va ! Qu'enfin l'Allemagne, à son tour souveraine,
Des pays du couchant accroisse son domaine !
Et qu'enfin, sans rival, son nouvel empereur,
Des jours de Charles-Quint dépasse la grandeur !»

Tu vas te rendre, ô France ! ô ma noble patrie !
De la lutte sanglante es-tu donc si meurtrie
Qu'il te faille demain supplier les Teutons,
Et, comme une faveur, demander les affronts?
Tu vas te rendre ! hélas ! Qu'as-tu fait de tes gloires ?
Et tes champs, autrefois témoins de tes victoires,

Aujourd'hui desséchés, ne produisent-ils plus
Que des bras sans vigueur, des âmes sans vertus ?

Oui, ton sort est affreux, et tes chefs sans vaillance
N'ont point même voulu te laisser l'espérance.

Battus, brisés chez nous, cruellement trahis,
Nous n'avions, pour garder nos terroirs envahis,
Que les restes usés de nos troupes vaincues
Ou de jeunes soldats les timides recrues.

Si nos places du moins, arrêtant les Teutons,
Avaient pu diviser leur mille bataillons !
Mais Denfert à Belfort bravait seul leur furie.
Strasbourg était tombé. Son chef sans énergie,
Avant même l'assaut condamnant la cité,
Acceptait de Werder un infâme traité ;
Et, pendant que, pour prix d'un malheureux courage,
Ses soldats, sur l'Oder, mouraient dans l'esclavage,
Après avoir serré la main de son vainqueur,
Urich allait, à Tours, promener son honneur.

Sous les remparts de Metz nous restait une armée, (1)
Que nos premiers revers n'avaient point entamée.
Elle était jeune et forte, et deux cents généraux,
De vingt croix décorés, commandaient ses drapeaux.

Gravelotte et Borni l'ont vue, impétueuse,
Achever de Steinmetz la déroute honteuse;
Et si le maréchal, jurant son déshonneur,
N'eut point aux murs des forts enchaîné sa valeur,
Elle eut pu, renversant la fortune contraire,
Effacer, en un jour, les malheurs de la guerre.

Mais Bazaine, occupant sa bravoure au billard
Pendant qu'à l'ennemi courait notre étendard;
Bazaine qui jamais, dans la froide ambulance,
N'alla de ses blessés consoler la souffrance;
Bazaine qui, rêvant le suprême pouvoir,
En complots criminels trahissait son devoir, (2)
Et, pour mieux asservir le sol de la patrie, (3)
Offrait de s'allier à la troupe ennemie :
Quand il vit échouer ses coupables projets,
Quand il fut enlacé dans ses propres filets,
Bazaine, sans remords, livra sa belle armée
Dans ce but infernal lentement affamée.
Il pouvait, détruisant ses poudres, ses canons,
Faisant sauter les forts, rasant les bastions,
Ne laisser au vautour qui menaçait la ville
Qu'un butin sans valeur, qu'une proie inutile.

C'est ainsi qu'à Phalsbourg le commandant Taillant
S'honora même aux yeux du farouche assaillant.

Mais Bazaine livra, dans toute sa puissance, (4)
L'invincible cité qu'il volait à la France ;
Il livra les canons, il livra les chevaux,
Les armes, les remparts et surtout les drapeaux ;
De ses soldats vendus redoutant la colère,
Il leur fit refuser les honneurs de la guerre ;
Et, tranquille, suivi de ses riches fourgons,
Il s'en fut à Cassel conter ses trahisons.

Si des mille officiers la lâcheté complice
N'eut point voté sitôt l'horrible sacrifice ;
Si, quinze jours encor Bazaine eût arrêté
Les bataillons germains au pied de la cité :
Gambetta, s'élançant des rives de la Loire,
Dans nos rangs à la fin, eut fixé la victoire ;
Il marchait triomphant, et les murs de Paris
Allaient voir disperser le flot des ennemis.
Bismarck en frémissait ; prévoyant la défaite,
De Moltke épouvanté préparait la retraite ;
Et Guillaume éperdu commandait aux soldats
De semer, en fuyant, la flamme sous leurs pas.
Bazaine le savait ; il savait que la France
N'attendait son salut que de sa résistance :
Il rendit son épée... Et Charles, libre enfin,
Se rua sur la Loire, attaqua Saint-Quentin ;

Et malgré leur valeur, sous le nombre accablées,
Le pays vit partout nos troupes refoulées.
Déjà La Motte-Rouge a déserté l'honneur
De disputer le sol au fier envahisseur ;
Et d'Aurelles déjà, dont la valeur sénile
Nous avait ennivré d'un succès trop facile,

D'Aurelles, sans lutter, abandonne Orléans, (5)
Laissant deux cents canons aux mains des conquérants.

Aussitôt les voleurs, de la riche Touraine
Ont pillé les côteaux, ont ravagé la plaine ;
Et la torche, lancée aux murs de Châteaudun,
Longtemps attestera le passage du Hun.

§

Loire, ô fleuve charmant, dont les ondes tranquilles
Reflètent dans leurs cours l'image de cent villes,
Sur tes bords fortunés que les bosquets sont verts !
Que les jardins riants de doux fruits sont couverts !
Combien brillent de ceps au flanc de tes montagnes !
Combien de blonds épis couronnent tes campagnes !

Et la faux des combats, promenant ses fureurs,
A tranché, tout d'un coup, tes moissons et tes fleurs !
Tes oiseaux effrayés ont fui de leurs bocages ;
Tes taureaux abattus sont morts aux pâturages ;
Les boulets, dans tes champs, ont creusé des tombeaux ;
Et les corps mutilés ont roulé dans tes eaux.

La douceur de ton ciel, ta splendide abondance
Faisaient, de tes vallons, le verger de la France.

Mais tes flots aujourd'hui, frémissant de nos deuils,
Ne baignent, en passant, que le pied des cercueils.

Il faudra de longs jours à tes vagues plaintives
Pour effacer le sang qui souillé tes deux rives :
Tu n'effaceras point le cruel souvenir
Des maux que les Teutons nous auront fait subir,
Tu n'effaceras point les larmes de la France
Et l'éternel serment d'une juste vengeance.

§

Trois hommes, cependant, soutenaient notre honneur
Et disputaient encore aux succès du vainqueur.

Chanzy, d'une main ferme arrêtant sur la route
Nos officiers tremblants, nos troupes en déroute,
Chanzy, vaillant du moins s'il ne fut pas heureux,
Après vingt jours passés en combats glorieux,
Chanzy des Prussiens eût percé les cohortes
Et de la capitale eût délivré les portes,
Si des Bretons, au Mans, les lâches bataillons
Ne se fussent sauvés au seul bruit des canons.

Plein de bravoure aussi, déjà couvert de gloire,
Faidherbe eût emporté la dernière victoire,
Si Trochu, de Paris, secondant ses efforts,
Eût cloué hardiment l'ennemi sous ses forts;
Mais cent mille, d'un coup, s'éloignant de Versailles,
Aux murs de Saint-Quentin ont porté les batailles;

Et, pendant que dormait l'inutile Trochu,
Avec honneur du moins Faidherbe était vaincu.

Garibaldi, bravant des milliers d'adversaires,
A de nobles combats menait ses volontaires;
Il sauvait le Creuzot ; aux portes de Dijon
Quatre fois il brisait les armes du Teuton;
Et, chevaliers sans peur quand est passé l'orage,
Qui niez ses vertus et lui jetez l'outrage,
Vous n'empêcherez pas qu'en ses vaillantes mains
Flotte le seul drapeau conquis sur les Germains.
Aux frontières de l'Est, Bourbaki.., l'Helvétie
A ses pauvres guerriers du moins sauva la vie.

Gambetta cependant, ne désespérant pas, (6)
Tirait du sol encore un peuple de soldats.
Tandis que chancelait la fortune publique,
Soufflant dans tous les cœurs le feu patriotique,
Il lançait de guerriers les nouveaux bataillons
Et pied à pied, du moins, défendait nos sillons.

Il ne veut point la paix, il ne veut point de trêve,
Tant qu'il reste au pays un tronçon de son glaive.
Peut-être, quoique aient dit ses calomniateurs,
Jetant le sol entier sur les bras des vainqueurs,

Et poussant jusqu'au bout l'héroïque défense,
S'il eût été le maître, il eût sauvé la France.

Mais Ducrot qui laissait, au parc de Buzenval,
Expirer, sans secours, l'élan national ;
Mais Trochu qui, voyant à ses pieds la bataille, (7)
Aux Germains étonnés épargnait la mitraille ;
Mais Jules Favre et Thiers, malheureux orateurs
Qui s'étaient attiré le mépris des vainqueurs,
Qui, des rois étrangers implorant l'assistance,
Avaient, sans résultat, humilié la France :
Tous les chefs, rejetant leur incapacité
Sur l'aveugle courroux de la fatalité,
Aspiraient au moment où, finissant la guerre,
Aux glorieux dangers ils pourraient se soustraire,
Où, délivrés enfin d'un fardeau trop pesant,
Ils laisseraient tomber le pays expirant.

Bismark les attendait. Dans un humble silence
Ils ont de l'ennemi supporté l'insolence ;
Et, lui cédant notre or, lui livrant notre honneur,
Ils ont gardé pour nous la honte et la douleur.

On dit qu'ils ont pleuré! Mais, jusqu'à la bessesse, (8)
Laissant voir leur terreur, avouant leur faiblesse.
Guillaume se moqua de tant d'humilité
Et ne mit point de borne à sa rapacité.

8

En vain, pendant huit mois, nos plus pauvres villages
De bandits affamés ont subi les pillages ;
En vain, pendant huit mois, nos cités tour à tour
Ont jeté leur épargne en pâture au vautour ;
En vain la capitale, à leur lâche avarice,
A donné ses trésors pour prix de l'armistice :
Deux provinces, aux mains de ces hardis voleurs,
De la captivité porteront les douleurs;
Et de cinq milliards, pour servir à leurs fêtes, (9)
Epuisés et mourants, nous paierons nos défaites.

Ce n'est donc plus pour toi, paysan courageux,
Que l'été dorera la moisson de ses feux,
Que les vins couleront de la grappe murie,
Que les riches troupeaux brouteront la prairie !

Ce n'est donc plus pour toi, malheureux ouvrier,
Que de l'aube à la nuit marchera ton métier !

Ce n'est donc plus pour toi, négociant habile,
Que, traversant des mers la surface indocile,
Tes navires iront, sur des bords étrangers,
D'un commerce incertain affronter les dangers.

Ce n'est donc plus pour toi, sombre ou brillant poëte,
Que tes doigts écriront sous la lampe muette,

Que ton œuvre, doux fruit d'un pénible labeur,
Aux rayons du libraire attendra le lecteur !

Non, ce n'est plus pour nous que nos mains vigilantes
Poursuivront du travail les tâches accablantes ;
Que notre esprit, sans cesse à l'étude enchaîné,
Lancera ses rayons sur le monde étonné ;
Que, serrant le peu d'or oublié des barbares,
Et de nos revenus cruellement avares,
Près de l'âtre sans feu, nous retiendrons le pain
A nos jeunes enfants qui nous crieront la faim !

Non, c'est pour l'ennemi, pour l'Attila Guillaume,
Pour ses Huns fainéants qui, sortis de leur chaume,
Ont brûlé nos palais, et, chargés de notre or,
Longtemps de nos labeurs prétendent vivre encor !

Aux jours du moyen âge, attachée à la glèbe,
Sous des seigneurs cruels, ainsi faisait la plèbe,
Quand son bras fécondait les opulents sillons
Dont les châteaux oisifs dévoraient les moissons.

Si du moins leurs soldats, repassant les frontières,
Nous laissaient nos cités et quittaient nos chaumières !
Si nous pouvions enfin, délivrés des vainqueurs,
Travailler dans le calme et dormir sans terreurs !

Mais, tels des Calabrais, vivant de brigandages,
Ne lâchent qu'à prix d'or leurs malheureux otages,
Tels, des vols imposés les habiles Germains
Garderont jusqu'au bout un gage dans leurs mains.
Des bataillons nombreux, commandés par leurs princes,
Camperont, à nos frais, sur nos tristes provinces ;
Pendant trois ans encor nous verrons ces bandits
S'asseoir à nos foyers, s'emparer de nos lits ;
Pendant trois ans encor nos villes, nos villages,
De leur poing menaçant porteront les outrages ;
Pendant trois ans encor la main de ces bourreaux, (10)
Comme aux jours des combats creusera nos tombeaux !

Les traités les plus saints n'arrêtent point leurs crimes,
Et, même après la paix, nous pleurons des victimes !

§

Arbois se souviendra de ces lâches guerriers (11)
Qui, désertant ses murs, ont pillé ses celliers ;
Qui, chargés de butin, sous le poids des orgies
Traînant par la cité leurs jambes alourdies,
Frappaient du sabre nu les tranquilles bourgeois
Et de l'assassinat couronnaient leurs exploits.

Quel est ce bruit affreux dont la ville tressaille ?
Quels soldats, dans la paix, rallument la bataille ?

Sous le feu des Teutons c'est un nouveau trépas :
Pour tuer une femme ils ont armé leurs bras.
La victime était jeune et nourrissait peut-être
Un frêle et pâle enfant qui venait de lui naître :
Dix balles l'ont meurtrie, et, de son sein frappé,
Avec des flots de sang le lait s'est échappé.

Quel était son forfait ? D'une main frémissante
Avait-elle agité la hache menaçante ?

Défendant son épargne, avait-elle, aux Germains,
Enlevé dans la nuit l'argent de leurs larcins?
Avait-elle, pleurant les revers de la France,
Sur les cruels vainqueurs appelé la vengeance ?

Imprudente et naive, elle avait plaisanté
D'un vulgaire officier la grotesque fierté,
Et, saisie aussitôt, par cent bras flagellée,
Sur l'ordre de ce chef elle était immolée.

O femme, il est si doux, quand fleurit le printemps,
D'errer sous les bosquets, de courir dans les champs !
La lumière est si belle au moment de l'aurore,
Lorsque de purs rayons le vallon se colore !
Et tu fermes les yeux sans avoir vu l'été,
Sans avoir vu du soir la touchante beauté !
Que je te plains, ô toi, dont les jeunes années
Sous la faulx des bandits sont déjà moissonnées !

Arbois verra toujours les barbares soldats
D'une femme à genoux préparer le trépas ;
Il entendra toujours de la balle homicide
Le sifflement aigu, le coup sourd et rapide ;
Arbois verra toujours la mère, en expirant,
Ouvrir les bras encor pour baiser son enfant ;

Il entendra toujours la foule haletante
Jeter, avec l'époux, un long cri d'épouvante...
Et lorsque, vers le soir, les filles du hameau
Iront de leurs regrets saluer son tombeau,
Les cyprès, ombrageant sa dernière demeure,
Où son enfant l'appelle, où son époux la pleure,
Leur parleront toujours des cruels ennemis
Et des lâches traités qui leur ont tout permis.

Paix trompeuse et perfide ! O paix abominable !
La guerre, dans sa rage, était moins implacable.

Vous, dont la main caduque a signé nos malheurs,
Généraux impuissants, timides orateurs,
Si de l'invasion subissant les souillures,
Vous eussiez, huit longs mois, partagé nos tortures ;
Si vous deviez encor, pendant trois ans entiers,
Sous vos toits occupés héberger vos geôliers,
Et, rougissant de honte, écrasés d'épouvante,
Redouter des brigands la colère sanglante :
N'eussiez-vous point senti qu'il fallait abréger
Les nuits de la douleur et les jours du danger ;
Et qu'un peu de fierté, même après la défaite,
Eut limité les lois de l'injuste conquête ?

Soit : sous les deux traités nous souffrirons encor ;
Après l'honneur perdu, nous donnerons notre or ;
La Lorraine et l'Alsace, à la France volées,
Gémiront, sans espoir, sous le joug accablées ;
Et leurs fils, contre nous, fortifieront Berlin,
Ou de l'exil honteux iront manger le pain.

Oh ! remords éternels de la France abaissée !
Voyez-vous de leurs champs cette foule chassée? (12)
Voyez-vous ces bourgeois, ces pauvres ouvriers
Dont vous avez vendu les malheureux foyers?

§.

—Pourquoi veux-tu marcher jusqu'à l'heure où les ombres
Auront sur les côteaux jeté leurs voiles sombres?
Père, suspends enfin ton courage imprudent,
La chaleur est brûlante et le sol est ardent.
Par les chemins poudreux, à travers les épines,
Nos pieds, depuis deux jours, ont monté les collines;
Et les yeux insolents des féroces vainqueurs,
O père, ici du moins, ne verront pas nos pleurs.
C'est ici d'un berger la rustique chaumière,
Ici court le chevreuil dans la verte clairière,
Ici chante l'oiseau caché dans les buissons,
Et nous n'entendons plus l'affreux bruit des canons.
Sous ce bocage épais, sur la pelouse amie,
Que ta tête, en mes bras se repose endormie ;
Goûte un instant de paix jusqu'à l'heure du soir;
Et, pendant ton sommeil, tu me laisseras voir
Si, de la balle atteint, ton genou saigne encore,
Et si, d'un feu secret, la fièvre te dévore.

— Marchons, mon fils, marchons... Ici, de tout côté,
Ces bosquets envieux nous cachent la cité.
Marchons : je reste sourd au cri de mes blessures,
Je brave des buissons les rudes meurtrissures ;
Appuyé sur ta main, gravissant le sentier,
Des plus âpres rochers j'atteindrai le dernier...
Marchons jusqu'au sommet de l'abrupte montagne...
Et, plongeant nos regards, là-bas, dans la campagne,
O mon fils bien-aimé, pour la dernière fois,
De nos foyers perdus nous saluerons les toits.

— Marchons, si tu le peux, aux roches dépouillées
Que le pas des bandits n'a point encor souillées.
Viens, tu ne craindras point, dans ces sauvages lieux,
De nos maîtres grossiers les regards furieux ;
Et tu n'entendras point, dans le bois solitaire,
Le choc de leur épée insultant notre terre.
Viens, ô mon père, viens, soutenu par ton fils,
Gravir les hauts sommets et franchir les taillis :
Quand tes yeux auront vu la pauvre et sainte ville,
Ton âme dormira peut-être plus tranquille.

— Hélas ! sur ce bâton je sens trembler ma main,
Et je sens mon genoux fatigué du chemin.

Je l'avoue, ô mon fils : je souffre... Dans ma tête
De tous nos maux passés s'agite la tempête...
Je suis faible... l'exil est pesant à mon cœur,
Et la première étape a brisé ma vigueur.

. —A l'abri du soleil, sur la molle bruyère,
J'ai jeté mon manteau : repose-toi mon père.
J'implorerai le ciel, espoir des malheureux ;
Et le sommeil bientôt, venant fermer tes yeux,
Pour un instant, du moins, à tes tristes pensées
Voilera le tableau de nos douleurs passées.

Non, non, je veux marcher : avant la fin du jour,
Je veux revoir ces lieux que je fuis sans retour,
Je veux revoir les murs où riait ma jeunesse,
Où ne s'éteindra point ma précoce vieillesse ;
Je veux revoir le Rhin, les fortunés vallons
D'où nous chasse à jamais le glaive des Teutons ;
Je veux revoir surtout le cyprès funéraire
Où repose ta sœur à côté de ta mère.

A ces mots douloureux, haletants, oppressés,
Le vieillard et son fils se tenaient embrassés,
Et leurs larmes coulaient sur les infortunées
Que la main d'un Badois avait assassinées.

Ils gémirent longtemps, puis, ouvrant son manteau,

Le fils, sous un buisson, posa le doux fardeau.

Mais du pauvre exilé, qui pleurait en silence,

Le sommeil ne vint point adoucir la souffrance...

Et quand son fils, soudain, près d'un chêne arrêté,

S'écria : j'aperçois les murs de la cité !

Le vieillard fut debout ; il courut vers le chêne

D'où son fils incliné regardait sur la plaine :

— Tu vois Strasbourg ! dit-il, tu vois Strasbourg ! Mon fils !

Guide vers la cité mes regards affaiblis ;

De ces arbres jaloux écarte le feuillage ;

Que je revoie encor la chère et sombre image ;

Que je revoie encor le foyer dévasté

Où resta notre amour quand nos pieds l'ont quitté !

Et comme un jeune enfant qu'un bras plein de colère

Arracherait, le soir, aux baisers de sa mère,

Le vieillard sanglota. Sous les rameaux en fleurs

Les oiseaux, autour d'eux, chantaient leurs doux bonheurs.

Il sanglotait toujours. Sur son noble visage

De son cœur ravagé se réflétait l'orage ;

Ses yeux étaient fixés vers l'horizon lointain

Et sa voix de Strasbourg déplorait le destin.

« O cité malheureuse ! Innocente victime,

Qui portes d'un tyran la folie et le crime !

O Strasbourg, qu'as-tu fait, pour mériter du ciel
Une honte si grande, un malheur si cruel ?
Toi, dernière arrivée au giron de la France,
Noble école des arts, foyer de la science,
Toi, dont le dévouement et la fidélité
Pour ta mère adoptive égalaient ta fierté,
O Strasbourg, qu'as-tu fait? Toi, dont la Germanie
Jalousait la richesse, enviait le génie!
Toi, qui du Rhin fougueux maîtrisant le courroux,
Arrêtais les Teutons conjurés contre nous,
Et, puissant boulevard des Gaules imprudentes,
Refoulais dans leurs bois les hordes insolentes :
Quelles mains de ton deuil traceraient les tableaux ?
Quels yeux supporteraient la grandeur de tes maux?
Tes palais sont brûlés; tes maisons abattues
Jonchent de leurs débris le pavé de tes rues ;
Les cadavres sanglants sur tes murs ont roulé ;
Ta science est perdue et ton or est volé,
Un barbare étranger, sous sa rude puissance,
A sali ton honneur, a plié ta vaillance;
Et, chassés de ton sein, n'emportant que leurs pleurs,
Tes enfants, dans l'exil, vont cacher leurs douleurs.
Et moi, moi qui t'aimais comme on aime une mère
Dont on a bu le lait en venant sur la terre,

Je te quitte, ô Strasbourg !.., Mes pieds, bientôt glacés,
Ne retrouveront plus tes chemins effacés ;
Et mes os n'iront point, sous la froide pelouse,
Consoler, dans la mort, ma fille et mon épouse. »

A ces mots, doux objets qu'il avait tant aimés,
Il cherchait du regard l'asile où vous dormez

§

Alors monta près d'eux le pâtre d'un village.
Il avait vu livrer sa chaumière au pillage;
Des Badois affamés avaient pris son troupeau;
Son fils était couché dans le sanglant tombeau;
Son chien lui restait seul, et, dans sa main débile,
Tremblait, à chaque pas, sa houlette inutile.

. Il fuyait le pays; il laissait aux brigands
Et le modeste toit, doux abri des vieux ans,
Et le verger fertile, et la riante terre
Que déjà fécondait le labeur de son père.

Sur leurs foyers, livrés lâchement aux vainqueurs,
Les deux vieillards unis confondaient leurs douleurs;
Pendant que, sous leurs pieds, au fond de la vallée,
S'avançait vers l'exil la foule désolée.
Les chars, de tous côtés, enlevaient loin du Rhin
Les débris de fortune arrachés aux Germains;

Et les chevaux, tombant sous le poids des bagages,
Des prés alsaciens regrettaient les fourrages,
Des malheureux suivaient, poussant de lourds timons,
Et du pauvre logis emportaient les haillons ;
Et, sur leur dos courbé, des familles entières
Sauvaient, en gémissant, leurs épaves dernières ;
Et tous ils s'en allaient, avec leur désespoir,
Traînant, par le chemin, leur misérable avoir.

Un homme, jeune encor, sur la berge poudreuse,
Posait sa jambe nue et sa main douloureuse :
Cinq mois, à Magdebourg, il avait supporté
Des geôliers prussiens la froide cruauté.
Un fils de son aïeul soutenait la vieillesse ;
Une mère, étouffant le cri de sa faiblesse,
Portait un double fruit endormi sur son sein ;
Trois autres la suivaient, attachés à sa main,
Et ces pauvres enfants se plaignaient que leur père
Dans la tombe, là-bas, eût oublié leur frère.

De cette foule en deuil arrivait lentement,
Jusqu'au sommet des bois, un long gémissement ;
Et les cris étouffés, le lugubre murmure
Semblaient même arracher des pleurs à la nature.

Et pourtant l'on eût vu des Teutons abrutis
Insulter aux douleurs des malheureux proscrits,
Et jeter lâchement de la boue et des pierres
Sous les pieds déchirés des enfants et des mères.

Oh! disait le vieillard : heureux les morts! Heureux
Ceux dont la guerre impie aura fermé les yeux;
Qui, du sol libre encor, descendus avant l'heure
Dans l'éternel repos de la sombre demeure,
N'auront point à maudire une honteuse paix
Dont leurs foyers trahis auront payé les frais!

Il se tut. Aussitôt un pâle et doux nuage
S'abaissa sur son front, obscurcit son visage;
La force abandonna ses membres affaiblis,
Et le vieillard mourut dans les bras de son fils.
Sous le chêne, au matin, le fils creusa la terre,
Le baignant de ses pleurs, il y coucha son père;
Il salua Strasbourg, qu'il jura de venger;
Et, descendant les monts, suivi du vieux berger,
Dans un humble hameau de la sage Helvétie,
L'exilé s'en alla chercher une patrie
Dont la mâle fierté résiste aux conquérants
Et ne leur vende point ses plus braves enfants.

CHANT SIXIÈME

L'AVENIR

CHANT SIXIÈME

—

L'AVENIR

—

§

O France ! dans ton sein que l'honneur se réveille !
A la voix des flatteurs ne prête point l'oreille ;
Et, de la vanité déchirant les bandeaux,
Regarde, de tes yeux, la grandeur de tes maux.

Non : tu n'as point gardé les splendeurs de ta gloire ;
Et les âges présents dont rougira l'histoire,

A tes fils indignés ne raconteront pas
Tes vertus dans la paix, ta bravoure aux combats.

Il est vrai : tu nourris quelques savants encore
Dont le nom s'est couvert d'un lustre qui l'honore ;
Tes enfants n'ont pas tous oublié l'équité,
Dédaigné la pudeur, perdu la probité ;
Et, de tes combattants, beaucoup, pleins de vaillance,
Des Germains, dans la tombe, ont couché l'insolence.

Mais de rares vertus, de tardifs dévoûments
Ne pouvaient racheter tes longs égarements.

Vingt ans, sans murmurer, dans un lâche servage
Tu subis d'un tyran l'humiliant outrage ;
Vingt ans, de la sagesse et des nobles labeurs
Méprisant les leçons, désertant les grandeurs,
Tu perdis de ton bras la puissante énergie,
Et tu laissa ton cœur se noyer dans l'orgie.

Aussi, quand l'ennemi, lançant ses bataillons,
Du pied de ses chevaux foula tes beaux sillons ;
Quand, vainqueur sur les champs de l'horrible bataille,
Il broya tes cités des coups de sa mitraille ;
Quand, dans ses châteaux forts, sous des murs froids et nus,
Il entraîna captifs tes soldats abattus ;

Quand, volant les trésors et jurant ta ruine,
Sur tes flancs décharnés il jeta la famine.

O France, qu'as-tu fait ? Pour sauver ton honneur,
Pour châtier l'orgueil d'un fourbe envahisseur,
As-tu trouvé, du moins, échappés au naufrage,
Quelques débris heureux de ton ancien courage ?
Et, de ta fière épée agitant les tronçons,
As-tu vu quelquefois reculer les Teutons ?

Neuf cent mille guerriers, au jour de la défense,
Devaient, la foudre en main, courir à la vengeance :
A peine deux cent mille, armant enfin leur bras,
A regret, ont suivi l'étendard des combats;
Le reste, comme on voit, redoutant le tonnerre (1),
Des enfants se cacher dans le sein de leur mère,
Sous le toit paternel abritant sa terreur,
Croit n'avoir rien perdu, ne perdant que l'honneur.

Des conseils communaux dirai-je les faiblesses (2) ?
De leurs maires surtout les honteuses bassesses,
Quand, soumis et rampants, au mépris de nos droits,
Faisant de la conquête exécuter les lois,
Agents salariés d'un ennemi rapace,
A leurs concitoyens ils jetaient la menace,

Et, d'une longue épargne arrachant les débris,
Gonflaient de nos tributs la caisse des bandits ?

Nous laissons, en repos, dormir sur leurs richesses (3)
Les vils spéculateurs des communes détresses,
Ceux qui n'ont point rougi des plus infâmes gains,
Qui du nom de Bismarck ont décoré leurs vins,
Qui, servant des Teutons les œuvres criminelles,
Ont rapporté pour eux, de Gand ou de Bruxelles,
Le sucre et le café dont ils se sont nourris,
Et le pétrole enfin qui leur donna Paris.

C'est ainsi, que chez nous, le courage s'honore (4) !
Nous avons vu souvent et nous voyons encore
Des Français, dans la rue, accueillir le vainqueur,
Ouvrir, dans nos forêts, la chasse en leur honneur,
Et des ministres même, oubliant nos défaites,
Accepter leurs banquets et leur rendre des fêtes !

§

O ma patrie ! O toi, dont les riches cités
Autrefois enfantaient de si mâles fiertés !
Toi, dont les doux sillons, dans leurs simples asiles,
Abritaient la candeur de vertus plus tranquilles !
Toi, que l'on redoutait, que l'on aimait pourtant !
Toi, dont brillait le nom, aussi pur qu'éclatant !
O France ! O ma patrie ! Es-tu si bas tombée,
Ta tête sous la honte est-elle au point courbée,
Que les peuples voisins de ta chute enhardis,
N'auront pour tes douleurs qu'un regard de mépris ;
Et que, tout frémissants d'une juste colère,
Tes enfants rougiront de t'appeler leur mère !

Relève-toi... Tes yeux que la fange a souillés
De leurs rayons brillants ne sont point dépouillés...
Que ton front se ranime, et qu'un nouveau courage
Rallume ses fiertés sur ton noble visage.

Si tu veux à la fois retrouver ta spendeur,
Ta fortune volée et ton antique honneur;
Si tu veux arracher au joug qui les oppresse
Les pays malheureux qu'a perdus ta faiblesse;
France, libre aujourd'hui, reste libre toujours;
De tes vils prétendants repousse les amours;
Songe à leur perfidie, et vois les destinées
Que t'ont faites déjà tes lâches hyménées..

Ils sont là, plus trompeurs que le nuage bleu,
Vers le soir d'un beau jour, cachant un ciel en feu !
Ils sont là plus méchants que la bête cruelle,
Sous des roseaux fleuris, épiant la gazelle !
Tu les connais, tu sais, depuis plus de trente ans,
Les maux que t'ont valus ces races de tyrans.
L'un vécut à la cour de son parent Guillaume
Dont l'Alsace volée a grandi le royaume;
L'autre est du même sang : son oncle Meklembourg
Hier bombardait encor nos cités tour à tour;
Le dernier eut, chez nous, l'Espagnole pour mère,
Et la France, à Sedan, est morte sous son père.

Tranquilles tous les trois sur le sol étranger,
Dans les jours du combat, dans les nuits du danger,
Ils n'ont point, apportant leur or ou leur épée,
Revendiqué leur part dans la sombre épopée...

Et quand l'orage enfin a quitté nos vallons,

Quand on peut, sans péril, dormir sur nos sillons,

Ils viennent arracher à notre pauvre terre (5)

Les débris malheureux que nous laissa la guerre;

Et sous leur sceptre indigne ils veulent rejeter

Le sol que leurs amis sont venus dévaster !

Oui : si jamais le trône en France se relève,

Toi, tu gouverneras par l'armée et le glaive;

Toi, par l'or corrupteur; toi, non moins criminel,

Tu nous domineras par le prêtre et l'autel,

Peuple, n'écoute point leurs perfides promesses

Et dérobe ton front à leurs fausses caresses.

Choisis, pour diriger le char de tes destins,

Non des comtes, des ducs, tous ces vieux parchemins

Qui portent, dans leurs plis, le deuil des monarchies;

Non, des agioteurs les classes enrichies

Qui pèsent le mérite au poids seul de l'argent,

Et de termes grossiers flétrissent l'indigent.

Choisis des cœurs loyaux, choisis des gens honnêtes

Qui des salons princiers n'ont point goûté les fêtes;

Choisis des travailleurs, de modestes bourgeois

Qui savent tes besoins et connaissent tes droits,

Alors débarrassé des intrigants coupables,

Laissant, dans le sommeil, dormir les incapables,

D'un passé plein de honte efface la douleur ;

Attends de ta raison un avenir meilleur ;

'Ouvre ton âme ardente aux vertus généreuses (6) ;

Ne crains point du labeur les tâches épineuses ;

Laisse là les festins, les énervants loisirs (7),

Le luxe sans pudeur, les immoraux plaisirs ;

Fuis, fuis surtout l'ivresse : ils sont battus d'avance

Les guerriers qu'abrutit la lourde intempérance :

Je prévoyais Sedan, quand, dans notre cité,

Je vis de Mac-Mahon le soldat hébété.

Instruis-toi : l'ignorance a perdu la patrie,

Que l'étude, à son tour, lui donne une autre vie.

Arrache ton esprit aux dévotes erreurs (8),

Au lâche fanatisme, aux prodiges menteurs,

Et, pour te relever enfin de tes ruines,

N'attends point le secours des prouesses divines.

Bénissant ton hymen dans sa fécondité,

Remplis les saints devoirs de la paternité ;

De tes enfants nombreux, qu'a nourris la sagesse,

Fais des hommes empreints d'une mâle rudesse ;

Et ces hommes bientôt, énergiques soldats,

Pour venger tes malheurs, voleront aux combats.

§

Ils reviennent les jours des sanglantes batailles,
Les jours tant désirés des justes représailles !

Allons ! N'eussions-nous point à punir les brigands
Dont le glaive assassin massacra nos enfants,
A venger nos cités que leurs mains ont brulées,
A délivrer du joug nos provinces volées :
Ces barbares du nord, sur leurs maigres sillons,
Jalouseront toujours nos vins et nos moissons ;
Et nous verrons toujours leurs sinistres cohortes,
Pour enlever notre or, se ruer à nos portes.

Allons ! N'attendons point ! Attaquons les premiers !
Dans leur sombre repaire étouffons leurs guerriers.
Des deux sangs ennemis que la haine mortelle
Emporte, pour l'un d'eux, la ruine éternelle;
Et que, sur le cercueil du dernier des Germains,
Les fils du Latium entrelacent leurs mains !

Champs glorieux du Tibre, heureux vallons du Tage,
Arrachez au sommeil votre antique courage.
Délivrez-vous des rois dont les sceptres maudits,
Depuis l'ère du Christ, vous tiennent asservis ;
Et, déposant le fer des discordes civiles,
Combattez avec nous les seuls combats utiles.
Entendez-vous, au loin, ces horribles clameurs
Du Vandale et du Goth, précédant les fureurs ?
Voyez-vous s'élancer, de leurs forêts profondes,
Du sauvage Alaric les phalanges immondes ?
Voyez-vous Attila, sur le pays Gaulois,
Graver en traits de sang le code de ses lois ?

Ne laissez point river nos pieds à l'esclavage :
Vous auriez votre part de ruine et d'outrage ;
Et les peuples latins, s'ils restaient séparés,
Tomberaient sous le joug des Huns confédérés.

Par un traité déjà la Prusse et la Russie (9)
Ont resserrées nœuds de leur théocratie.
Bientôt, dans l'Orient jusqu'aux derniers confins,
Le dieu de Pétersbourg poussera ses larcins ;
Et, vainqueurs des Chinois, ses farouches Cosaques
Sous les murs d'Ieddo planteront leurs baraques.
Bientôt le nouveau Dieu, qu'on adore à Postdam,
Prenant Madrid d'un bras, et de l'autre Amsterdam,

De l'Occident surpris volera les provinces
Et les gouvernera par la main de ses princes.

Tout tremble devant eux. Depuis quarante hivers,
Les Polonais vaincus ont pleuré leurs revers;
Le Danois, sans succès, a défendu ses rives,
Et du Hanovrois les terres sont captives.
L'Autriche, à Sadowa, qui but son meilleur sang,
A perdu, pour toujours, sa puissance et son rang;
Luxembourg a livré sa fière citadelle;
Des Belges impuissants la liberté chancelle;
Le prince italien, imprudent vaniteux,
A mendié du Nord les secours périlleux.
La France, d'un despote expiant la folie,
A Sedan, tout d'un coup, est tombée avilie,
Et des milliers d'enfants, arrachés de son sein,
Gémissent sous les lois du vainqueur assassin.

Se faisant un rempart de mers et de tempêtes (10),
Dans leur île enfermés, à l'abri des conquêtes,
Plus froids que leurs brouillards, plus trompeurs que leurs flots,
Dans l'ombre, contre nous, ourdissant leurs complots,
Les Anglais permettront à l'empereur tudesque,
D'asseoir à nos foyers sa lourde soldatesque,

Pourvu que leurs vaisseaux, dominateurs des mers,
Reçoivent le salut de cent peuples divers,
Qu'on les laisse dans l'Inde exercer leurs ravages
Et du Nil convoité prendre enfin les rivages.

En avant ! de la Gaule intrépides soldats,
Dont l'honneur outragé veut de nouveaux combats !

En avant ! Accourez, guerriers de l'Italie,
Petits fils de Lusus, enfants de l'Ibérie !
Apportez dans nos rangs, vos plus fières ardeurs !
Aidez-nous à venger nos injustes malheurs !
Que nos bras réunis étouffent leurs conquêtes ;
Que le chemin sanglant soit pavé de leurs têtes ;
Et, qu'en pièces brisés, les cadavres Teutons
Ne rassemblent jamais leurs informes tronçons !

Mais quand aura sonné l'heure de la vengeance,
Comme aux jours de Sedan, si vous fuyez la France,
Enfants dégénérés, indignes héritiers
D'une race autrefois trop féconde en guerriers :
Seuls, fiers de notre droit, certains de notre force
Et ne redoutant plus les lâchetés du Corse,
Seuls, nous irons combattre, et, sous nos coups heureux,
L'aigle noir tombera de son ciel orgueilleux.

Il a su, le vainqueur, ce que vaut notre armée,
Même quand les revers l'ont déjà décimée.
Sans doute, il a notre or, et ses cruels exploits
Ont soumis des Français au fardeau de ses lois.
Mais dira-t-il jamais combien à l'Allemagne
A coûté de douleurs sa fameuse campagne ?
Et combien de soldats, sous ses brillants drapeaux,
Dans nos champs qu'ils pillaient, ont trouvé leurs tombeaux ?
Trois cent mille, enlevés à leurs pauvres chaumières,
N'iront plus embrasser leurs enfants ni leurs mères ;
Et tous ces milliards, qu'ils nous auront volés,
Ne consoleront point leurs foyers dépeuplés.

Digne fils d'Attila, les Prussiens, peut-être,
Se courberont encore aux genoux de leur maître ;
Ou, peut-être, irrités d'infructueux combats,
Blessés de ton orgueil, ils voudront ton trépas.
Mais de tes alliés crains surtout les colères :
Du meilleur de leur sang ils ont payé tes guerres ;
Et, pour prix du concours que leurs mains t'ont prêté,
Tu leur voles, tyran, jusqu'à leur liberté !

§

LE SAXON.

Mes jours étaient heureux sous le toit du village,
Et je n'étais point né pour le sanglant carnage.
Pourquoi le roi cruel, m'arrachant aux sillons,
Ne m'a-t-il pas laissé terminer mes moissons ?
J'eusse encore conduit les pas de mon vieux père ;
J'eusse encore baisé le doux front de ma mère...
Sous la tombe glacée ils reposent tous deux
Et je n'étais point là pour leur fermer les yeux !

LE BAVAROIS.

Quand l'horrible décret m'appela sous les armes,
Ma femme, à mes genoux, se traîna tout en larmes ;
Et mes jeunes enfants, suspendus à mes bras,
Sur le seuil, jusqu'au soir, arrêtèrent mes pas.

Combien ont-ils souffert? Et combien mon absence
A fait peser sur eux le poids de l'indigence?
Et comment, aujourd'hui, blessé, près de mourir,
Gagnerai-je le pain qui devra les nourrir?

LE WURTEMBERGEOIS.

Deux nuits me séparaient de la douce journée
Où la main de Blondine allait m'être donnée.
Il me fallut partir... Abandonnée aux pleurs,
Blondine, bien longtemps, vécut de ses douleurs.
Et, quand je la revis, elle était expirante;
Au pied du vieux cyprès sa tombe était béante :
Sans m'avoir reconnu son cœur s'est envolé,
Et le mien, pour toujours, d'un linceuil s'est voilé.

LE HANOVRIEN.

Nous étions deux jumeaux : une égale tendresse
Avait semé de fleurs nos vingt ans de jeunesse.
Le clairon retentit!... Cent fois, dans les combats,
Mon frère bien-aimé me sauva du trépas...
Et je l'ai vu tomber sur le champ des batailles,
J'ai vu les lourds chevaux piétiner ses entrailles;

Et, voulant m'arrêter pour étancher son sang,
Des chefs, à coups de fouet, me poussaient en avant.

LE SAXON.

J'ai jeûné de longs jours, pendant que l'abondance
Des soldats de la Prusse engraissait l'indolence.

LE BAVAROIS.

Quand ils dormaient, couchés dans leurs triples manteaux,
Sans trêve je marchais, couvert de vils lambeaux.

LE WURTEMBERGEOIS.

Les premiers et toujours nous allions au carnage,
Ces lâches, pour le vol, réservaient leur courage.

LE HANOVRIENS.

Et, seuls, se partageant l'immense indemnité,
Ils ne nous laisseront que notre pauvreté.

LE PRUSSIEN.

Suspendez contre moi votre injuste colère,
N'enviez point le sort que m'aura fait la guerre.
Amis, ainsi que vous, sous les toits paternels,
Mon retour n'a trouvé que des malheurs cruels ;
Ainsi que vous, repu d'une gloire inutile,
Dans ma cabane vide et sur mon champ stérile,
Du despote orgueilleux maudissant les exploits,
Je n'oublierai jamais les maux que je lui dois...
Enfants infortunés de l'Elbe et du Veser,
Habitants des vallons, riverains de la mer,
Debout ! N'attendons point que la France aguerrie
A nos foyers vaincus allume sa furie !
C'est à nous de punir le batailleur cruel ;
Arrachons de sa main le sceptre criminel ;
Sur son front insolent écrasons ses couronnes ;
De son trône abattu dispersons les colonnes ;
Mêlons au sang fatal du tyran massacré
L'abominable sang d'un ministre abhorré ;
Et nous pourrons peut-être, au jour de leur vengeance,
Des Français triomphants mériter la clémence.

§

— Eh! qu'avons-nous besoin de vos bras sans valeur
Pour punir de vos rois le coupable bonheur!
Valets de nos bourreaux, votre crime est le même :
Comme eux vous subirez le châtiment suprême.

Tremblez, cruels soldats de l'empire germain!
La France tout entière a pris le glaive en main
La France tout entière, ardente à la vengeance,
A juré d'étouffer le cri de l'indulgence;
Et vos femmes en pleurs, vos enfants à genoux,
Ne désarmeront point l'implacable courroux.

En vain, pour résister au choc de nos batailles,
De rocs amoncelés vous doublez vos murailles;
En vain Metz et Strasbourg, à nos vaillants efforts,
Présenteront le fer et l'acier de leurs forts...
Dans les nobles cités que vous avez conquises
Nous irons égorger vos garnisons surprises;

Et vos remparts du nord, hérissés de soldats,
Au feu de nos mineurs ne résisteront pas.
Déjà du Rhin badois nos pieds foulent les rives,
Les murailles de Khel déjà sont nos captives,
Déjà sur vos pays nos bataillons vainqueurs
Poursuivent vos fuyards, vous frappent de terreurs.
Stuttgard, de sa fortune a payé sa défaite;
La Saxe, en frémissant, attend notre conquête;
Et deux cents Bazeillais agitent les brandons
Qui de Munich enfin dévorent les maisons.

Trois fois, dix fois peut-être, au milieu des campagnes,
Près des eaux, sous les bois, au sommet des montagnes,
Vous avez résisté ; dix fois nos bras vaillants
Ont chassé devant eux vos lâches régiments.
Vous fuyez sans secours!... Redoutant nos colères,
Le Russe, votre ami, n'entend point vos prières.
Vous fuyez! votre épée échappe à votre main ;
Nos escadrons partout vous barrent le chemin.
La terreur sur vos yeux a jeté ses ténèbres,
Votre esprit s'est troublé de visions funèbres...
Vous fuyez! vous fuyez! De vos champs envahis
Nos chevaux, à leur tour, vont manger les épis,
Vos cités, sous nos feux, s'écroulent. Guillaume,
Dans la honte et le sang voit fondre son royaume.

Hambourg, à nos soldats a livré ses vaisseaux ;
Kœnigsberg et Dantzig ont ouvert leurs châteaux ;
Et nous tenons Berlin, Berlin, dernier repaire
Ou s'abrite le monstre à la dent sanguinaire,
Berlin, profond sépulcre où, pour l'éternité,
S'abîmera des Huns l'antique cruauté.

Le jour est arrivé, le jour de la justice,
O Guillaume, le jour de ton affreux supplice.

Ton ancêtre, frappé de poignards assassins,
Est mort, en rugissant, dans ses marais germains ;
Le Corse, ton émule en froide perfidie,
A traîné, plein de rage, une horrible agonie.
Nous t'avons réservé de plus cruels tourments :
Sur les cadavres nus de tes fils expirants
Nos fils, justes vengeurs de tes mille victimes,
Vont t'accabler de coups plus nombreux que tes crimes.

Nuit horrible ! Soudain, dans son palais en feux,
D'un cuirassier français il voit briller les yeux ;
Il voit fondre sur lui la marine gauloise
Qui fauchait à Sedan la troupe bavaroise ;
Il voit Faidherbe, il voit Chanzy, le glaive en main,
L'arrachant de son trône et lui perçant le sein.

—« Je tombe! à moi! Bismark, ministre de vengeance,
Qui ne m'accordas point un seul jour de clémence!
A moi! reine Augusta, qui, pressant mes fureurs,
D'un double diadème a voulu les honneurs!
A moi! Charles et Fritz, Manteuffel le sauvage,
Vous tous que j'ai gorgés des fruits du brigandage!
A moi! Dieu des Germains, toi qui m'avais permis
D'offrir à tes autels le sang des ennemis!

« Je tombe! à moi! leurs mains ont brisé ma couronne,
Leurs pieds foulent mon sceptre et la mort m'environne.
Aux vainqueurs sans pitié ne m'abandonnez pas!
Arrachez au supplice, arrachez au trépas,
Celui dont vous flattiez la suprême puissance,
Celui qui du bonheur vous donna l'insolence!

« Je tombe! à moi! chassez, chassez ces paysans,
Dont j'ai pris les troupeaux, dont j'ai pillé les champs!
Chassez ces citadins dont mes cruelles bombes,
Sous leurs toits embrasés ont fait tant d'hécatombes!
Chassez ces francs-tireurs que mes soldats-bourreaux (11)
Contraignaient tour à tour à creuser leurs tombeaux !
Chassez ces malheureux, ces enfants et ces femmes,
Jetés sous les débris de Bazeilles en flammes !
Chassez, chassez ce prêtre : il ne m'a point maudit,
Et, pour me torturer, son ombre me bénit! »

Il tombe. La justice, impitoyable au crime,
A creusé, sous ses pieds, l'inévitable abîme.
Il tombe. Son malheur n'attendrit point les Dieux ;
Ses amis, sans le plaindre, ont détourné les yeux ;
Seul, d'un dernier baiser ruisselant de carnage,
Le spectre d'Attila vient baiser son visage.

Il tombe. Il va mourir... et les guerriers d'Arbois,
Qu'épouvanta l'horreur de ses derniers exploits,
Achèvent, sous leurs coups, une exécrable vie
Qu'à la honte du ciel l'enfer avait vomie.

Il est mort. Ses États, en lambeaux dispersés,
Traîneront dans le deuil leurs destins effacés.
Les serfs, dont nos succès auront chassé les princes,
Briseront le faisceau des royales provinces ;
De la Vistule au Rhin ils reprendront leurs droits
Et de la République embrasseront les lois.
Châtiée à la fin de ses longs brigandages,
La Prusse ira s'éteindre au bord des froids rivages :
A peine Brandebourg, le faible et vieux duché,
Conservera son nom dans ses forêts caché.

A la voix d'une sœur, la Pologne sanglante
De ses tombeaux brisés s'élancera vivante.

L'Autriche, à son aspect, de terreur frémira ;

Jusque dans Pétersbourg, le czar en tremblera.

Et nous, pour mettre un frein à de nouvelles haines;

Du Rhin dans tout son cours nous garderons les plaines,

Nous garderons Dantzig, Kœnigsberg et Stettin,

D'où nos canons armés surveilleront Berlin.

§

La France alors, tranquille au sein de l'abondance,
Portera sans orgueil, sa gloire et sa puissance;
Partout de la concorde assurant les bienfaits,
Son glaive respecté dormira dans la paix;
Et les peuples amis, aux rives des deux mondes,
Suivront le doux flambeau de ses vertus fécondes.

NOTES ET ADDITIONS

NOTES ET ADDITIONS

CHANT PREMIER

---

(1) Et de cet or les mains armeront des bandits
   Qui brandiront la torche au milieu de Paris.

Il serait téméraire aujourd'hui de porter un jugement sur la guerre civile. Oui : les incendiaires et les
assassins étaient des bandits; et Bismarck, sans
doute, en avait payé le plus grand nombre. Mais les
autres?...

Les tribunaux militaires, siégeant à Versailles,

n'ont point éclairci la question. La lumière n'est point
sortie non plus des mitraillades exécutées en masse
après le combat.

« Les généraux de l'empire, vengeant l'empire sur
Paris qui n'en avait point voulu... Les vaincus d'Alsace, de Sedan et de Metz, sous les yeux de leurs
vainqueurs, attaquant les Parisiens qui, du moins,
pendant le siége, ont fait preuve de bravoure ! C'est
un spectacle étrange, que l'histoire ignorait, et dont
l'humanité s'indigne.

« Les Français remplissent, en ce moment, la page
la plus sombre de leur histoire et de l'histoire du
monde.

« L'accusation d'user d'une impitoyable cruauté a
cessé de s'appliquer à un seul parti, ou à une seule
classe de personnes. Les troupes de Versailles semblent disposées à dépasser les communistes.

« Le marquis de Gallifet escorte une colonne de prisonniers à Versailles ou à Satory. Il en choisit quatre-
vingt deux et les fait fusiller à l'Arc-de-Triomphe.
Viennent ensuite, pour subir le même sort, une es-
couade de vingt pompiers, puis une douzaine de femmes, dont une âgée de soixante dix ans !

« Sur un autre point, notre correspondant arrive à un monceau de quatre-vingts cadavres, couchés les uns sur les autres, les bras, les jambes et les faces tordus; et la rigole voisine est remplie de sang.

« On dit qu'un millier d'insurgés ont été fusillés ainsi. L'exécution en masse et sommaire de tant de prisonniers, fusillés par troupes de cinquante et de cent à la fois, a dû confondre les innocents et les coupables; et il est certain qu'un grand nombre ont été les victimes d'un crime imaginaire. On n'a pas pris le temps de prouver le crime, et il n'y a eu de certain que le châtiment instantané. »

(Tiré du *Times*. — 3 juin 1871.)

(2) Vingt ans, nos tribunaux livrés à sa police.

On sait, mais, dans l'intérêt de la morale à venir, il est bon de le répéter, que la République de M. Thiers a gardé les magistrats qui, sous l'empire, ont fait descendre la justice au rôle de bourreau.

(3) Et la France, énivrée au bruit de tes exploits,
    Des princes de ton sang acclamera les droits.

11

Que les peuples n'oublient pas la terrible leçon...

Pour le fils scrofuleux d'un empereur illuminé, nous avons perdu huit milliards, deux provinces et trois cent mille hommes.

(1) Lebœuf, prophétisant de splendides conquêtes,

Affirme aux députés que nos forces sont prêtes.

On ne doutait de rien.

Un jour, après que le duc de Grammont eut lu la fatale déclaration au Corps législatif, le représentant d'un gouvernement européen assez influent se rendit auprès du ministre de la guerre, M. Lebœuf, et lui dit :

— Monsieur le maréchal, tout le monde sait qu'il ne faut que trois semaines à l'Allemagne pour mettre 1,200,000 soldats sur pied ; on connaît de même le nombre des soldats dont la France peut disposer : lors du dernier plébiscite, on a constaté à peu près 850,000 votes militaires. En trois semaines, à peine 200,000 peuvent entrer en campagne. L'Allemagne a donc une avance d'un million d'hommes sur la France. A-t-on bien pris ce fait en considération ?

— Je ne veux pas entrer dans une discussion de chiffres, répondit M. Lebœuf, sans réfléchir. Je vous dis seulement que nous avons des chassepots et des mitrailleuses, je ferai une promenade à travers l'Allemagne, comme Cortez en a fait une à travers le Mexique.

(Tiré de la *Cloche* (*Petit journal*. — 6 juin 1671).

Et des ministres qui nous ont ainsi trompés, sont encore à la tête de nos armées; ils jouissent tranquillement de leurs honneurs; ils touchent les traitements dont les gratifiait l'empire !

(5) Et braves contre nous...

Le désordre de cette armée dépassait ce qu'on peut imaginer. Les soldats pillaient les campagnes; ils volaient des trains de marchandises; ils vendaient au marché des effets d'équipement. Plusieurs m'ont arrêté dans la rue, me demandant de l'argent pour aller au cabaret. Un soir, j'ai failli être assassiné par des turcos ivres. Et la responsabilité d'une pareille indiscipline ne retomberait pas sur les chefs ! Et nous songerions à prendre notre revanche en laissant à notre tête les généraux de l'empire !

(6) J'ai mangé du pain noir...

En Prusse, la nourriture de nos prisonniers était exécrable. Tous les matins, du pain noir et une soupe composée des choses les plus hétéroclites. Du pain tous les soirs.

Et, avec cette affreuse nourriture, nos soldats travaillaient aux fortifications de Berlin.

(Petit journal.)

Aussi, trente mille français ont trouvé leur tombeau en Allemagne !...

Nous avions fait aussi quelques prisonniers. Ils étaient internés à Pau, sous le plus doux climat de la France ; leur nourriture dépassait de beaucoup celle de nos troupes... Et l'Allemagne se plaignait ! Et l'Angleterre nous adressait, à leur sujet, des observations, presque des menaces !

(7) Quel plan vous dirigeait...

Mac-Mahon, au camp de Châlons, avait devant lui

trois alternatives : ou, tomber sur le prince royal qui, échelonné de Bar-le-Duc à Troyes, ne lui eut peut-être pas résisté ; ou, battre immédiatement en retraite et couvrir Paris de son armée ; ou, effectuer un mouvement vers le nord et se réunir à Bazaine. De ces trois partis, le vainqueur de Magenta prit naturellement le plus mauvais : il voulut débloquer Bazaine. Mais Bazaine n'avait pas besoin de son secours. Bazaine se fut échappé, le jour où il l'eut sérieusement essayé. Il est vrai que Bazaine ne l'essaya jamais.

La véritable raison de cette stratégie déplorable fut, sans doute, la lâcheté de Bonaparte, lequel, redoutant l'armée, et n'osant rentrer à Paris, voulait à tout prix, se rapprocher des frontières.

Si, du moins, l'opération eut été bien conduite ! Toute mauvaise qu'elle était, elle eut pu réussir.

Mac-Mahon avait, sur le prince royal, une avance de six jours environ. Il lui eut été facile d'atteindre le premier les lignes de Metz, et d'écraser avec le concours de Bazaine, tous les corps de Frédéric-Charles. Mais au lieu de suivre la ligne droite, il fit une courbe énorme ; et, telle fut la lenteur de sa marche, que, pour se rendre du camp au Chêne, distance de deux

étapes, il employa neuf journées complètes. — Je le
sais : je les comptais.

Pourquoi, voulant frapper un grand coup, ne mit-il
pas toute l'activité que ce coup demandait ? Pourquoi
utilisant toutes ses ressources, ne prit-il pas avec
lui les dix-huit bataillons des mobiles de la Seine, et
les dix mille hommes que commandait, à Reims, le
général de Linières ? Pourquoi surtout, n'a-t-il point
pressé la marche de Vinoy que rien n'arrêtait et qui
pouvait aisément le rejoindre avec ses trente mille
soldats ?

Mais, dans cette triste campagne, l'ineptie des
chefs n'avait d'égale que l'indiscipline de leurs
troupes ..

Aussi Mac-Mahon qui suivait lentement un arc de
cercle, tandis que les Allemands en prenaient rapi-
dement la corde, Mac-Mahon allait être attaqué, sur
ses derrières, par les soldats du prince royal ; et il
allait trouver, devant lui, une deuxième armée que
Bazaine laissa tranquillement se détacher de Metz.

Avant d'être engagée, la bataille était perdue. Si
du moins on eut corrigé, par des mesures actives,
l'imprudence de ce mouvement ! Mais nos officiers se

réjouissaient à la vue des coteaux qui se garnissaient de troupes. Les aveugles ! ils ne voyaient point que ces troupes étaient allemandes ! Et les soldats de de Failly lavaient leur linge dans la Meuse quand l'ennemi les sabra de tous côtés.

(8) Un général, léger sous le poids des défaites,
    Donnait, la veille encore, un bal à ses lorettes.

J'ai lu le fait dans le *Siècle,* deux jours avant l'occupation de Reims. Pendant la bataille, un autre général jouait au billard, dans une maison de campagne près de la ville. Les cafés de Sedan regorgeaient d'officiers... Et l'on sait que les Prussiens, ramassant nos prisonniers, s'écriaient : « Où sont donc vos chefs ? »

CHANT DEUXIÈME

———

(1) Et des bagnes ouverts venez aussi, forçats...

Quiconque a vu les convoyeurs allemands ne peut douter qu'ils fussent sortis des bagnes. J'ignore le nombre des assassinats qu'ils ont dû commettre en France; mais j'ai moi-même constaté leurs vols. Leurs voitures, au retour, se cachaient en dehors des villages. Je les ai regardées de près, j'ai vu même leur intérieur. L'une d'elles était attelée de deux chevaux de luxe, valant bien trois à quatre mille francs; et la voiture ne valait pas cent sous. J'ai dé-nombré, dans ces horribles véhicules, des bronzes, des porcelaines, des pendules, des fauteuils, de magnifiques pièces d'étoffes. Le tout appartenait-il aux forçats? Et Bismarck n'avait-il pas sa part dans les vols les plus précieux ?

(2) Et, voulant remporter les honneurs du carnage,
   Ils comptent sur leur nombre, et non sur leur courage,

Ils sont entrés au moins douze cent mille en France, quand nous n'avions plus de soldats à leur opposer. Mais cette multitude ne suffisait pas au valeureux Guillaume... Il fit appel à des amis complaisants ; et cent mille de ces auxiliaires, peut-être, ont, avec les Allemands, partagé nos dépouilles.

Je n'avance point une supposition : des Polonais ont reconnu leur présence dans les armées ennemies.

Et ce n'étaient point là des volontaires, comme nous en avons reçu quelques-uns des pays voisins. C'étaient des troupes régulières, envoyées, sans doute, en vertu d'un traité secret.

Et l'Autriche et l'Italie ont laissé faire ! Et le Parlement anglais applaudit la félonie !

(3) Les voilà ! leurs clairons ont sonné la conquête ;

Et, sur des murs ouverts, leur triomphe s'apprête.

Guillaume avait annoncé à l'Allemagne, comme un brillant fait d'armes, l'entrée de ses troupes à Reims, le 4 septembre 1870.

Nous avions, la veille encore, dix mille soldats. Le général de Linières, qui les commandait, avait eu la simplicité de croire que les Allemands viendraient, sans doute armés de bâtons, frapper aux portes de la ville, pour se les faire ouvrir.

Il avait, en conséquence, percé nos murailles de meurtrières, dans une étendue de quatre kilomètres ; il avait creusé quelques fossés près de la route de Châlons, immédiatement au-dessous d'une éminence qui commande toute la cité.

Les bourgeois riaient de cette bonhommie, et moi, j'en pleurais, en songeant que, si l'on eût garni de fortins les coteaux qui nous environnent, les Allemands ne fussent point arrivés à Paris, et la Champagne, comme autrefois, eût pu être leur tombeau.

On n'avait rien prévu, on ne sut rien faire.

Et pourtant le général d'Exéa venait d'apporter au général de Linières le concours de ses talents !

Me croira-t-on si j'affirme que, le 3 septembre, quand l'ennemi touchait à nos portes, le commandant de place de Laon demandait à s'entendre avec le commandant de Reims pour enlever, disait-il, quelques bandes dans les environs de Neuchâtel ; que notre gendarmerie, le soir du même jour, faisait une reconnaissance sur la Suippe, et assurait n'avoir pas vu le casque d'un Prussien ; que la ville tout entière s'est endormie tranquille, se berçant d'heureuses nouvelles pour le lendemain ? — Et, à cette heure, sur la Suippe même, près d'Isles, à quatre lieues de Reims, étaient campés quarante mille Allemands ! — Pourtant, ils ne devaient pas l'ignorer, ceux dont le devoir était de veiller sur nous... Et ils n'ont rien dit ! Et le lendemain les Prussiens enlevaient plusieurs de nos mobiles, tous nos fusils, nos appareils télégraphiques et l'immense approvisionnement des tabacs de la régie.

(4) Allons ! c'est le moment où de Sardanapale
Au-dessus du pourceau la grandeur se ravale.

Que les Germains ne se targuent point de leur sobriété, Guillaume, le fait est vrai, a laissé, à l'arche-

vêché, des traces révoltantes de son ignoble débauche. Oui : ces bandits aiment le vin ; ils aiment surtout l'eau-de-vie. Ils n'ont point, sous ce rapport, dé-
généré de leurs ancêtres.

« Bien que César ait parlé de la tempérance des
Suèves, Tacite, un peu plus tard, notait la propen-
sion des Germains à l'ivrognerie, comme un trait
saillant au milieu de la simplicité rustique de leurs
goûts relatifs à l'alimentation. Ce trait, qui a marqué
tous les pas de la race anglo-saxonne dans sa vaste
expansion sur le monde, est accusé par beaucoup de
documents où l'ivrognerie apparaît comme un vice
des princes et des seigneurs de l'empire d'Allemagne.
Au xvᵉ siècle, il fut l'objet de plusieurs édits (Reich-
sabschied), dont la noblesse avait l'habitude de se
moquer le verre en main.

Les diètes (Reichstag) donnaient, sous ce rapport,
des scandales qui faisaient dire que ces assemblées
étaient à ce point embarrassées et obscurcies par le
vin (*comitia Germanorum leuta et vinolenta*), qu'on
n'y entendait parler raison que le matin. J. P. Franck,
à qui j'emprunte ce trait, ajoute qu'on appelait les
lois qui s'y faisaient *morgensprache* (la langue du

matin), parce que tout ce qui s'y disait après était
tenu pour être de nulle valeur, à cause du vin et de
la bière. Le rôle de l'ivrognerie, parmi la noblesse
allemande, est encore attesté par la création de deux
ordres de chevalerie, fondés, comme les sociétés mo-
dernes de tempérance, sur le serment de s'abstenir
de liqueurs fortes.

Il n'est donc pas étonnant que Bismarck, qui ab-
sorbe tous les jours un litre de cognac, que le vieux
de Moltke, qui ne s'en prive guère, aient, dans les
conseils du soir, montré tant de perfidie et d'inhuma-
nité.

(5) Sous des dehors trompeurs cachant leurs indécences.

Le premier officier à qui je dus livrer mon habita-
tion était un médecin civil, requis pour la campagne.
Cynique, comme Guillaume, il ne cachait pas non
plus les apparences, et ma domestique, jeune fille de
dix-huit ans, avait, tous les matins, à purifier la
chambre des traces d'une maladie honteuse dont il
était affecté.

« La ville de Mulhouse a été frappée par l'armée

prussienne d'une réquisition de seringues à injections et de plusieurs kilogrammes de copahu,

« Un officier d'état-major est venu, en grande tenue et en gants blancs, présenter cette réquisition au conseil municipal. Le copahu a été livré quelques jours après.

« L'histoire enregistrera les hauts faits des Prussiens, a déclaré le roi-empereur Guillaume, dans son discours au parlement allemand. »

(Gazette des hôpitaux, 4 octobre 1870).

(6) C'est Bazeilles, tranquille et florissant village,
Avant les jours maudits de l'horrible carnage.

Guillaume attribue la destruction de Bazeilles au combat même qui se livra dans ses murs. Les rares survivants de ce désastre diront à Guillaume qu'il a menti... Ils lui diront que le lendemain de la bataille, deux jours, trois jours encore après, les Bavarois sont revenus, ont rallumé les incendies, et ont fusillé et pendu des habitants qui erraient au milieu des décombres. — Guillaume a-t-il oublié que lui-même, ému des cris de l'Europe, il avait ordonné une enquête ? — Il est vrai que l'enquête est encore à faire.

J'ai entendu, pendant la guerre, plusieurs de mes concitoyens établir une différence entre les Prussiens et leurs alliés. Je les ai entendus parler, avec une certaine indulgence, des Wurtembergeois dont la méchanceté leur a paru moins féroce. Mais Bonaparte n'avait point déclaré la guerre aux alliés de la Prusse. Ils sont venus volontairement nous massacrer. Avons-nous vu, même parmi les Hanovriens et les Polonais, une seule défection en notre faveur ?

Si Strasbourg doit toujours se souvenir des Badois, les habitants de Bazeilles n'oublieront pas, un jour, que Munich est la capitale de la Bavière.

(7) Ainsi Voncq et Balan abandonnés aux flammes...

Voncq et Balan, villages des Ardennes, furent traités à peu près de la même façon que Bazeilles.

Nous avons vu écrouer, dans les prisons de Reims, une vingtaine de femmes, dont plusieurs fort âgées, qui, certainement, n'avaient jamais su que tourner le rouet ou jeter le grain dans la basse-cour.

En octobre 1870, les francs-tireurs des Ardennes

tuèrent un Prussien près de Vaux, et disparurent aussitôt après. L'ennemi saisit les quarante hommes restés au village, tous innocents; et, les ayant gardés trois jours enfermés dans l'église, il les fit tirer au sort dans un casque, et en fusilla trois sous les yeux du curé, qui demanda en vain leur grâce.

C'était pour ces brigands un suprême plaisir de tuer des Français. Au début de l'invasion, ils firent prisonnier un bataillon de mobiles, qui allait de Vitry-le-Français à Sainte-Menehould. Près de Passavant, sans motif, ils tuèrent quarante-neuf de ces infortunés, et ils en blessèrent grièvement quatre-vingt-douze.

(8) Tous les jours condamnés à des impôts nouveaux.

ÉDIT.

1º Dans les localités où il y a un commandant militaire, celui-ci fera toutes les réquisitions nécessaires;

2º Ailleurs, les détachements ou les soldats requerront du maire ou de son substitut les moyens néces-

frappés d'une amende de 50 fr. pour chaque individu absent et pour chaque jour d'absence;

5° Nos autorités civiles et militaires seront chargées de faire des perquisitions domiciliaires chez les individus inscrits sur les listes, afin de s'assurer de la stricte exécution des ordres ci-dessus publiés.

Reims, 27 octobre 1870.

Le gouverneur général,

E. R.

DE ROSEMBERG, *lieutenant général.*

(10) Les lâches! En chemin s'ils craignent le danger
Un citoyen près d'eux ira le partager.

ÉDIT.

Plusieurs endommagements ayant eu lieu sur les lignes de chemins de fer, ordre a été donné de faire accompagner les trains par les habitants des localités ou communautés contiguës aux voies ferrées, habitants connus et jouissant de la considération générale.

On placera ces personnes sur la locomotive, de manière à faire comprendre que tout accident, causé par l'hostilité des habitants, frappera, en premier lieu, leurs nationaux.

Reims, 27 octobre 1870.

Le commissaire civil,

CHARLES, prince DE HOHENLOHE.

ÉDIT.

Toutes les fois que des individus, ne faisant pas partie de l'armée française, causeront des dégâts sur les chemins de fer, aux télégraphes et dans les rues, ou bien attaqueront les troupes, des détachements et des convois, les malfaiteurs passeront par un conseil de guerre; et les communes, dans le district desquelles les dégâts auront été commis, seront responsables.

Une commune étant condamnée à des dommages et intérêts, l'amende sera proportionnée au nombre des habitants, à leurs moyens et à la grièveté du crime.

Reims, 8 octobre 1870.

Le gouverneur général,

FRÉDÉRIC-FRANÇOIS,

Grand-duc DE MECKLEMBOURG-SCHWERIN.

Nous, gouverneur général, siégeant à Reims,

Vu le décret royal du 13 août 1870, abolissant la conscription dans toute l'étendue du territoire français occupé par les troupes allemandes;

Attendu que les Français, qui se mettent en contravention avec cet ordre royal, se rendent coupables d'un acte de félonie contre le gouvernement allemand établi dans les départements occupés,

Ordonnons ce qui suit :

Article unique.

Tout Francais, domicilié dans un des départements réunis au gouvernement général de Reims, contre lequel s'élèveront des charges suffisantes pour prouver qu'il a obéi à un mandat de comparution pour entrer dans l'armée française ou dans un des corps francs formés en but hostile contre les armées allemandes; tous ceux qui auront coopéré et aidé pour amener des recrues à l'armée française ou aux corps francs, seront arrêtés et conduits devant l'autorité militaire la plus proche, pour y être traduits devant une cour matiale et jugés sommairement (c'est-à-dire exécutés).

Reims, 9 janvier 1871.

Le gouverneur général,

E. R.

DE ROSEMBERG

(11) Jusqu'aux murs assiégés contraint les paysans
    A porter du combat les engins menaçants.

Les paysans des environs de Reims ont été tous requis. — Je les ai vus allant, à leurs frais, porter dans
leurs voitures les projectiles qui écrasèrent Soissons.
— Plusieurs de ces malheureux ont été tués par des
obus de la place.

(12) Il faut leur obéir...

Je n'exagère rien... Des bourgeois ont été frappés
et tués.

J'en ai, pour ma part, soigné un assez grand
nombre, entre autres un employé, jeune homme fort
doux, mort d'un coup de pistolet qu'un ambulancier
lui tira, à bout portant, dans le ventre. — Plusieurs
femmes furent massacrées; d'autres furent fouettées
indignement; et les coups de plat de sabre n'étaient
pas même épargnés à de jeunes enfants.

(13) Près de Soissons encor...

Je tiens le fait de voituriers français, que les Prussiens avaient poussés sous les murs de Soissons. On sait, du reste, que ces bandits pendaient, après les avoir fusillés, ceux de nos francs-tireurs qui tombaient entre leurs mains. Le commandant de leurs étapes, à Reims, s'était conquis, dans ce genre d'exploits, une éclatante renommée.

(14) Mais quand un officier, insultant son honneur,
    De sa femme à genoux menaça la pudeur...

Ils ont nié ces faits d'immoralité... En attendant qu'on en fasse le dénombrement bien incomplet, je rapporterai les deux suivants, qui sont authentiques :

A Forbach, la femme d'un employé de chemin de fer, mère de deux enfants, a dû recevoir, le 6 août, nourrir et loger, trois uhlans, qui l'ont violée successivement pendant trois jours, la menaçant de tuer ses enfants.

A Andernay, canton de Remigny (Meuse), sous les yeux de Gillot Bernard, ils ont violé ses filles, puis les ont tuées à coups de baïonnette.

Ce qui prouve encore leur lubricité immonde, c'est

que, le 30 juin 1872, les hôpitaux d'Épernay regorgeant d'Allemands syphilitiques, le sous-intendant d'Épernay demandait si on ne pourrait pas en recevoir un certain nombre dans les hôpitaux de Reims.

CHANT TROISIÈME

————

(1) Est-ce bien toi, Saint-Cloud...

Horrible témoignage de la férocité des Prussiens !
Mais, en présence de cet affreux spectacle, j'éprouve
une autre douleur non moins amère... Saint-Cloud,
après deux années, n'est pas relevé de ses ruines... et
la nation, sur l'emplacement d'une maison de plâtre,
a déjà reconstruit, pour M. Thiers, un palais de
marbre !...

(2) Ce n'est point au hasard que leurs mains criminelles
Foudroyaient de leurs coups nos cités les plus belles.

Après un investissement de plus de trois mois, l'ennemi a commencé le bombardement de nos forts le 30 décembre, et, six jours après, celui de la ville. Une pluie de projectiles, dont quelques-uns pesant 94 kilogrammes, apparaissant pour la première fois dans l'histoire des siéges, a été lancée sur la partie de Paris qui s'étend depuis les Invalides jusqu'au Museum Le feu a continué jour et nuit sans interruption, avec une telle violence que, dans la nuit du 8 au 9 janvier, la partie de la ville située entre Saint-Sulpice et l'Odéon recevait un obus par chaque intervalle de deux minutes.

Tout a été atteint : nos hôpitaux regorgeant de blessés, nos ambulances, nos écoles, les musées et les bibliothèques, les prisons, l'église de Saint-Sulpice, celles de la Sorbonne et du Val-de-Grâce, un certain nombre de maisons particulières. Des femmes ont été tuées dans la rue; d'autres dans leur lit; des enfants ont été frappés par des boulets dans les bras de leur mère. Une école de la rue Vaugirard a eu quatre enfants tués et cinq blessés par un seul projectile.

Le musée du Luxembourg, qui contient les chefs-d'œuvre de l'art moderne, et le jardin, où se trouvait une ambulance qu'il a fallu évacuer à la hâte, ont reçu vingt obus dans l'espace de quelques heures. Les fameuses serres du Muséum, qui n'avaient point de rivales dans le monde, ont été détruites. Au Val-de-Grâce, pendant la nuit, deux blessés, dont un garde national, ont été tués dans leur lit. Cet hôpital, reconnaissable à la distance de plusieurs lieues par son dôme, que tout le monde connaît, porte les traces du bombardement dans ses cours, dans ses salles de malades, dans son église, dont la corniche a été enlevée.

Aucun avertissement n'a précédé cette furieuse attaque. Paris s'est tout à coup transformé en un champ de bataille, et nous déclarons avec orgueil que les femmes s'y sont montrées aussi intrépides que les citoyens. Tout le monde a été envahi par la colère, mais personne n'a senti la peur.

Tels sont les actes de l'armée prussienne et de son roi, présent au milieu d'elle. Le gouvernement les constate pour la France, pour l'Europe et pour l'histoire.

Protestation. — Au nom de l'humanité, de la science, du droit des gens et de la convention internationale de Genève, méconnus par les armées allemandes, les médecins sous-signés de l'hôpital des enfants malades (Enfant-Jésus) protestent contre le bombardement dont cet hôpital, atteint par cinq obus, a été l'objet pendant la nuit dernière.

Ils ne peuvent manifester assez hautement leur indignation contre cet attentat prémédité à la vie de six cents enfants que la maladie a rassemblés dans cet asile de douleur.

Docteurs : ARCHAMBAULT, Jules SIMON, LABRIE,

Henri ROGER, BOUCHUT, GIRALDÈS,

Je cite cette protestation entre beaucoup d'autres, qui furent faites à cette époque.

Hôpitaux. — Pendant la nuit du 8 au 9 janvier, l'hôpital de la Pitié a été criblé d'obus. Le bâtiment de l'administration et les divers bâtiments qui contiennent des malades ont été gravement atteints.

Dans une salle de médecine, affectée au traitement des femmes, les projectiles prussiens ont fait une morte et des blessés... L'hôpital de la Pitié se trouvant placé à l'extrême limite du tir de l'ennemi, on n'avait pas supposé dès le premier jour qu'il eut une intention particulièrement hostile à l'établissement; mais, la nuit dernière, les obus, envoyés exactement dans la même direction, sont venus tomber et éclater sur les mêmes points; et s'ils n'ont pas occasionnés de nouveaux malheurs, c'est que les précautions avaient été prises pour mettre les malades en sûreté.

Cet acharnemrnt semblerait démontrer qu'il ne s'agit plus d'un bombardement ordinaire, mais d'une cruauté sauvage qui s'attaque de préférence aux établissements hospitaliers, dans la pensée d'atteindre plus profondément la population, et de lui occasionner les plus dures et les plus poignantes émotions.

Il devient utile de publier de tels faits qui ajoutent une page odieuse à l'histoire de nos ennemis, et de protester au nom du droit, de la civilisation, de l'humanité contre cet attentat prémédité qui n'a eu de précédent dans aucune guerre.

(*Gazette des Hôpitaux.*)

(3) Pourquoi contre les murs, qu'ils devront assiéger,
D'un assaut valeureux affronter le danger?

Les Allemands nous ont pris beaucoup de places : on sait par quels moyens. Et ils sont fiers de pareilles victoires !

A Reims, ils ont distribué à de jeunes recrues des
médailles de Thionville... Au mois d'octobre 1870,
j'ai vu entre les mains de leurs soldats des billets de
logement pour Paris, billets portant le numéro de la
maison et le nom de la rue.

Ces puérilités nous faisaient pitié. Mais c'est ainsi
qu'on entraîne les jeunes troupes et, qu'en les trompant, on les pousse aux aventures les plus péril-
leuses...

Ils n'étaient pas tous braves, ces Allemands voleurs !
Des médecins militaires, que j'ai logés, se plaignaient
du nombre énorme de soldats qui, pour ne point marcher, simulaient des maladies.

(4) Et toi, Trochu, parmi tant de nobles soldats
    Dont le cœur exalté demande les combats...

A défaut de la nation trop indulgente, l'histoire
demandera un compte sévère au général Trochu. On
ne comprendra jamais qu'il n'ait employé son énergie
prétendue qu'à contenir dans l'inaction l'immense
garnison de Paris. Les insurrections dont la ville fut
le théâtre, n'étaient que le résultat de l'indignation
qui éclatait de toutes parts.

Comment? les assiégeants étaient trois cent mille; leur nombre à certains jours, descendit même à la moitié de ce chiffre,.. et Trochu, qui disposait de près de quatre cent mille combattants réels, ne put ou n'osa jamais rien tenter de sérieux! D'autre part, il est avéré que les ennemis se trouvaient toujours en force sur le lieu où devait s'opérer une sortie. Il y avait donc un traître dans l'entourage du général?

Dans quelles mains étions nous tombés! Et depuis,.. Hélas!

(5) Et vous ses officiers...

Je ne suis point systématiquement hostile aux hommes de l'empire. Mais leur incapacité, leur vanité ridicule, leurs désordres ont perdu la France,.. ils peuvent la perdre encore. Je le dis hautement : leur place n'est plus dans les commandements ni dans l'administration.

(6) Trois fois ils sont sortis...

A Champigny, nous étions vainqueurs, le général

Ducrot nous dira-t-il pourquoi nous nous sommes retirés en fuyards?

La sortie sur Buzenval paraît avoir été conçue et
exécutée de manière à amener une déroute. Trochu,
dans cette circonstance, pour la première et la dernière fois, employa sérieusement la garde nationale.
La garde nationale eut d'abord un succès signalé. Il
eut fallu le lendemain, ont dit les officiers, un renfort
de cinquante mille hommes pour remporter une victoire complète. On se garda bien de les envoyer,
quand Paris était plein de soldats qui brûlaient de
sortir.

La garde nationale fut à peu près abandonnée à
elle-même. Elle subit quelques pertes, mais Trochu
en exagéra l'importance; et, dans le but évident d'ef-
frayer la ville, il transforma un simple échec en catas-
trophe irréparable.

Le lendemain, la capitulation était signée... Le
lendemain? Depuis combien de temps était-elle
prête?...

(7) Attendaient que le temps, aidant à leur armée,
Leur livrât, sans combat, une ville affamée.

C'est un trait de barbarie dont l'histoire ne nous

offre que de rares exemples. Spéculer sur les tortures de deux millions d'hommes; tuer, par la famine, jusqu'aux femmes, aux enfants, aux vieillards... et prétendre encore n'user que de son droit! C'est la plus infâme des hypocrisies. Et, si terrible un jour que doive être la vengeance, elle n'atteindra point à l'énormité du crime.

CHANT QUATRIÈME

---

(1) Et partout de nos forts, privés de leurs canons,
La mine allait briser les derniers bastions.

A Laon, où j'étais allé comme otage, sur leur locó-
motive, je les ai vus dévaliser la citadelle; pendant
l'armistice, je les ai vus creuser des mines et faire
sauter les angles des remparts.

Plus tard, en pleine paix, ils ont poursuivi la série
lugubre de leurs vols. Ils ont un jour déclaré à la mu-
nicipalité de Laon qu'ils allaient expédier en Allemagne les lits sur lesquels couchaient leurs soldats ;
qu'il nous faudrait instantanément les remplacer, à
moins que nous ne consentions à leur en payer le prix.

Et notre gouvernement, dans cette circonstance, comme dans mille autres, se prêta de fort bonne grâce à leurs exigences révoltantes.

(2) Gambetta, sur la foi du traité de ersailles,

 Fit, autour de Belfort, suspendre les batailles.

Gambetta, à Bordeaux, fut avisé de la trêve ; mais Jules Favre lui laissa ignorer la restriction concernant les provinces de l'est. Gambetta, en conséquence, donna l'ordre à nos troupes d'arrêter les hostilités. Ce fût un piége horrible que nous tendit Bismarck. Jules Favre s'est-il suffisamment justifié en arguant qu'il n'avait été coupable que d'un simple oubli ? Et que penser de Bourbaki, lequel, voyant Manteuffel s'approcher et l'enserrer de toutes parts, ne prit pas même, pour se garder, les précautions les plus élémentaires ?

(3) Nos troupes, un matin, sortaient d'Hauteville...

Le fait est historique : les Allemands ont assassiné nos médecins dans une ambulance.

Parmi d'autres atrocités du même genre, je vais encore en citer une :

Société de Chirurgie. M. Deguise fils adresse la lettre suivante, dont la société décide la publication par délibération spéciale.

Monsieur le président,

« J'ai la douleur de vous apprendre la mort de mon père, ancien membre honoraire de la société de chirurgie.

Mon pauvre père a été assassiné par les Prussiens, à l'âge de 76 ans, dans la propriété qu'il habitait à Châteauneuf (Eure-et-Loire), le 16 décembre dernier...

« F. DEGUISE. »

Charenton, le 22 février 1871.

M. Deguise père avait établi une ambulance dans sa maison ; il soignait alors un officier prussien qui avait reçu une blessure assez grave pour nécessiter la résection du genou... Et c'est à ce moment que, voulant s'opposer au vol de son cheval, il fut assassiné sur l'ordre d'un médecin prussien !

Si les médecins prussiens tuaient volontiers nos

médecins français, on vient de voir qu'ils ne se faisaient pas non plus scrupule de les voler...

A la bataille de Frœschwiller, un médecin aide-
major de première classe de régiment, avait laissé sa
trousse déployée à ses côtés, pendant qu'il pansait un
blessé ! Des médecins prussiens, venant à passer
sur ces entrefaites, s'emparèrent de sa trousse comme
d'un butin de guerre, et ne voulurent jamais la rendre
à notre confrère, malgré ses protestations les plus
énergiques.

(*Gazette des Hôpitaux.*)

(4) Et Baudot et Fleury...
   Ne pourront échapper à ce cruel trépas
   Qu'en simulant la mort sous le pied des soldats.

Beaucoup de nos hommes, blessés dans les batailles,
n'ont dû la vie que parce qu'ils avaient feint de rester
morts sur place, nos ennemis achevant de tuer, par
tous les moyens possibles, ceux de nos blessés qui
donnaient encore signe de vie; remettant ainsi en
pratique cette maxime anti-chrétienne et barbare des
anciens : *væ victis*, qui, du reste, marche de pair avec

13

celle autre maxime allemande : La force prime le droit.

(Gazette des Hôpitaux.)

(5) Et du sang de Miroy tu pourras t'enivrer...

Ce crime horrible, commis pendant l'armistice, se passe de tout commentaire.

Mais quel fut le dénonciateur ? La justice a dû faire une enquête... et, depuis deux ans, nous attendons le nom du coupable.

CHANT CINQUIÈME

(1) Sous les remparts de Metz, nous restait une armée...

Bazaine, que l'imprévoyant Jules Favre appelait le glorieux Bazaine, dont Thiers, en pleine Assemblée, a osé faire l'éloge, Bazaine, dont le pays réclame en vain le jugement et la punition, Bazaine a couronné dignement, à Metz, sa honteuse et criminelle expédition du Mexique.

Ceux qui douteraient de la culpabilité de Bazaine n'ont qu'à lire la justification maladroite qu'en a voulu faire le général Changarnier. C'est l'accusation la plus terrible, parce qu'en prétendant effacer, elle n'arrive qu'à prouver le crime.

(2) En complots criminels trahissant son devoir...

On sait que sur son invitation, Bourbaki s'est rendu en Angleterre pour y prendre les ordres de l'ex-impératrice.

(3) Et, pour mieux asservir le sol de la patrie,
    Offrait de s'allier à la troupe ennemie.

On sait encore que Bazaine demandait à Frédéric-Charles de le laisser aller dans le midi avec son armée, promettant qu'alors il aiderait la Prusse à rétablir l'ordre en France.

(4) Mais Bazaine livra, dans toute sa puissance,
    L'invincible cité qu'il volait à la France.

Le général commandant, M. de Zastrow, rapporte que, jusqu'ici, on a trouvé, à Metz, 53 aigles et drapeaux, 541 pièces de campagne, du matériel pour plus de 85 batterie ; environ 800 pièces de siége, 66 mitrailleuses, près de 200,000 fusils, des sabres, des cuirasses, etc., environ 2,000 voitures et équipages militaires, de grandes quantités non ouvrées de plomb, de bois, de bronze, et une manufacture de poudre complètement organisée et d'une grande valeur.

(*Moniteur prussien*, 7 novembre 1870.)

.. Les officiers allemands ont avoué qu'ils ne supposaient à Bazaine qu'une armée de 80,000 hommes.., et Bazaine, avec ces ressources immenses, avait 170,000 soldats !

(5) D'Aurelles, sans lutter, abandonne Orléans...

Après un succès, il faut le dire, trop facile, d'Aurelles de Paladine pouvait, près d'Orléans, englober 40,000 Bavarois et les faire prisonniers. Sous prétexte de donner du repos à ses troupes, il laissa tranquillement s'échapper le général Von der Tann.

D'Aurelles de Paladine pouvait arrêter Frédéric-Charles ; il n'essaya pas même la résistance ; il se hâta d'abandonner son camp défendu par une puissante artillerie de marine ; et il livra une seconde fois Orléans aux ennemis.

D'Aurelles de Paladine n'est plus jeune, a-t-on dit

à cette époque; c'était une raison pour ne point lui donner de commandement... il paraît que c'est une raison pour lui en donner encore un aujourd'hui.

(6) Gambetta cependant ne désespérant pas...

Non que Gambetta n'ait point commis de fautes... A mon sens, il en a commis trois qui ont eu pour nous des conséquences fâcheuses; il devait rejeter de l'armée tous les généraux incapables; il devait refuser un commandement à Bourbaki, surtout ne point l'envoyer dans l'est; enfin, il devait ordonner et faire exécuter impitoyablement la levée en masse.

Du reste, à part ces erreurs qui n'entachent point son patriotisme, Gambetta, de tout le gouvernement de la Défense nationale, est le seul homme qui ait réellement mérité de la patrie, le seul qui ait soutenu l'honneur du pays, qui pourrait le soutenir encore et bientôt le venger noblement de tous ses affronts.

Sa place est à la tête de la République, comme la place de Faidherbe est à la tête de nos armées.

(7) Mais Trochu qui voyait à ses pieds la bataille...

Trochu, du Mont-Valérien, regardait le combat de

Buzenval... Il pouvait écraser les Prussiens dans ce
parc dont le mur arrêta tous les efforts de nos gardes
nationaux. Il ne tira pas même un coup de canon.
Pourquoi ? Le fait est bien grave et pourrait donner
lieu à de terribles suppositions.... mais sous une République aussi débonnaire, Trochu n'a pas même songé
à expliquer son étrange inaction,

(8) On dit qu'ils ont pleuré...

Il eut été plus noble de se servir des forces dont
disposait Paris.

(9) Et de cinq milliards, pour servir à leurs fêtes,
Épuisés et mourants, nous paierons nos défaites.

Cinq milliards ! Voilà le but véritable de la guerre
qui nous a été faite. L'expédition allemande ne fut,
en réalité, qu'une exqédition de bandits..., Aussi, nous
voyant plus riches qu'ils ne nous supposaient, ils re-
grettent de n'avoir pas élevé au double le chiffre de
notre rançon.

(10) Pendant trois ans encor la main de ces bourreaux,
Comme au jour des combats, creusera nos tombeaux.

Dans le traité de paix, nos grands hommes d'état

n'eussent-ils pas dû faire insérer quelques garanties pour nos biens et surtout pour nos personnes ? Ils ne paraissent pas y avoir songé. C'est, entre mille, un des traits caractéristiques de leur prévoyance et de leur habileté... Qu'ils apprennent donc les résultats immédiats de cette paix qu'ils ont signée avec tant de bonheur.

A Gueux, à Mareuil-le-Port, à Moussy, des paysans ont été bâtonnés et deux ont été tués pour avoir refusé de livrer leurs blés aux chevaux des Prussiens.

Près de Rumigny, les Allemands ont assassiné un jeune homme qui n'obtempérait pas assez vite à une réquisition injuste; ils ont mis le feu au village et ils ont repoussé, à coups de sabre, les habitants qui accouraient pour éteindre l'incendie.

A Reim le 7 juillet et les jours suivants, les Prussiens, surtout les cuirassiers et les gendarmes, se sont rués sur la foule, ont blessé deux cents personnes inoffensives et en ont tué une dizaine. Plusieurs cadavres ont été retirés du canal, ils avaient été d'abord labourés de coups de sabre.

Ce n'est pas assez de subir leurs violences, il nous faut supporter encore leur immoralité; et des bour-

geois ont dû se taire, en ouvrant leur porte à des
prostituées que ramenaient chez eux des officiers
prussiens...

Je ne parle que de Reims et de ses environs; les
mêmes faits odieux se sont reproduits partout.

(11) Arbois se souviendra de ces lâches guerriers...

Devant des actes aussi monstrueux et malheureu-
sement trop véridiques, les Prussiens soutiendront
encore qu'ils ne sont ni voleurs, ni assassins... J'ai
vu, tout le monde a vu leurs assassinats et leurs
vols... Le sac du dernier soldat que j'ai logé, renfer-
mait de la vieille argenterie marquée d'un chiffre de
famille.

On lit dans le *Moniteur* prussien du 22 janvier 1871 :
pour avoir arrêté une voiture de convoyeurs (lisez
forçats), quatre hommes de la Marne ont été fusillés
à Châlons.

(12) Voyez-vous de leurs champs cette foule chassée ?

En quelques jours, 88,000 Alsaciens-Lorrains sont

passés à Nancy, abandonnant leurs propriétés, traînant sur des brouettes, leur pauvre mobilier... A Reims et partout, dans les départements occupés, les Prussiens traquaient ces malheureux pour les rejeter sous les griffes de leur empereur.

CHANT SIXIÈME

——

(1) Le reste, comme on voit, redoutant le tonnerre...

C'était un spectacle douloureux et révoltant à la fois, que de voir, à Reims, des jeunes gens de vingt ans se cacher dans leurs maisons ou flâner par les rues, pendant que leurs frères se battaient pour le pays.

Des hommes, dans la force de l'âge, et manquant de travail, venaient frapper à nos portes et demander un morceau de pain... Moins coupables pourtant que les ouvriers qui offraient d eux-mêmes leurs bras aux Prussiens et se mettaient à leur solde... J'ai vu des Français conduire leurs locomotives et réparer leurs fils télégraphiques !

On m'objectera l'impossibilité de quitter Reims et de se rendre aux armées nationales.,. Cette impossibilité n'a jamais existé. Les Prussiens sont féroces; ils sont défiants et soupçonneux, mais ils n'ont pas l'habileté dont on leur ... ...nneur... La route de Reims à Montcornet a toujours été libre; des volontaires l'ont parcourue à pied sans obstacles; d'autres la franchissaient tranquillement dans une voiture publique. Tous pouvaient partir... Si la loi n'atteint pas les lâches qui sont restés, qu'au moins la morale indignée les flétrisse !

(2) Des conseils communaux dirai-je les faiblesses ?
    De leurs maires surtout, les honteuses bassesses ?

1º Tous les droits des contributions directes ou indirectes seront remplacés par une seule et unique contribution directe.

2º Le maire de chaque commune, chargé de recueillir et de verser les contributions, jouit d'une remise de trois pour cent.

Reims, 28 octobre 1870.

Le Gouverneur général.

Ils auront pour excuse leur impuissance devant la force. Ils argueront même de l'intérêt de leurs concitoyens : les Allemands nous menaçant, à toute heure, d'un pillage général. Néanmoins, je dois le dire, presque nulle part les autorités locales n'ont fait preuve de dignité, et il ne fut que trop facile aux Prussiens d'en faire les instruments de leurs exactions... Des maires sont allés jusqu'à menacer les contribuables, des maires ont dénoncé les récalcitrants à l'ennemi, et ont fait, à ces malheureux, doubler le chiffre de leurs garnisaires...

Que dirai-je, à ce propos, de la répartition des logements militaires ? Elle fut faite partout avec la dernière iniquité, et les plus riches de la cité, les conseillers municipaux et leurs amis, ont eu la lâcheté de rejeter les charges les plus lourdes sur les simples bourgeois, sur les pauvres ouvriers eux-mêmes.

(3) Nous laissons, en repos, dormir sur leurs richesses
    Les vils spéculateurs des communes détresses.

Je ne dis rien que de vrai. Dans les récits malheureux de cette guerre, je veux être historien avant d'être poète.

Oui, ces spéculateurs ont existé à Reims. Des Allemands, plus ou moins naturalisés chez nous, ont servi les Allemands.

On en connaît dont les voitures, se rendant en Belgique, étaient escortées de uhlans. Des maisons de Reims approvisionnaient l'armée de siége de Paris. Démoralisés par l'appat du gain, des négociants ont rapporté du pétrole de Bruxelles et l'ont vendu spontanément aux Prussiens... Et la marque Bismark a déshonoré les étiquettes d'une fabrique de champagne.

(4) C'est ainsi que chez nous le courage s'honore...

Ce fut un spectacle révoltant. Sans doute les lâchetés ne furent pas générales, mais elles furent trop nombreuses encore. Des habitants, pour prix de leurs bons soins, ont reçu, ont accepté gracieusement des cadeaux des Prussiens, cadeaux qui n'étaient ordinairement que le fruit de vols antérieurs. Des pères n'ont pas rougi d'unir leurs filles à des soldats allemands. Et un notable de la cité vient d'aller à Dresde chercher une Saxonne pour son fils.

Que nos gouvernants se fâchent, il m'importe peu.

Je dirai qu'il n'y a jamais eu, qu'il y a moins que jamais nécessité pour eux à se rendre aux invitations des Prussiens, à leur donner des banquets en retour. Et, pendant que 80,000 émigrants traversaient Nancy, M. de Saint-Vallier n'était point forcé de faire à Manteuffel les honneurs de la chasse dans ses propriétés de l'Aisne.

(5) Ils viennent arracher à notre pauvre terre
   Les débris malheureux que nous laissa la guerre.

Rendons, criait le clan philippiste, rendons quarante ou cinquante millions à la famille d'Orléans : ces bons princes en feront un cadeau généreux à la France. Nous avons rendu aux bons princes ces biens dont la propriété est au moins équivoque. Et les bons princes qui n'ont rien perdu dans la guerre, ont gardé ces belles forêts où leur patriotisme se livre glorieusement à des chasses déjà royales... Allons ! rendons-leur un trône qui leur appartient aussi légitimement. Plus tard, nous n'aurons point à nous plaindre : nous savons aujourd'hui quel est leur désintéressement, et combien nous coûtera leur bourgeoise souveraineté.

(6) Ouvre ton âme aux vertus généreuses...

Les causes de notre affaiblissement ont été étudiées ou le seront par les philosophes et les moralistes. Il appartiendra aux hommes politiques de réfléchir sur ces études et d'en appliquer les résultats à la régénération de la France.

Parmi ces causes nombreuses qui ont amené notre déshonneur et notre ruine, je ne signalerai que les principales, et je laisserai à d'autres le soin de les développer :

1º Le mépris de l'allaitement maternel. — 2º Le célibat. — 3º La conscription, telle qu'elle existait, telle qu'on la voudrait exister encore. — 4º Le travail dans les manufactures. — 5º L'abus de l'alcool et du tabac.

Non, si nous persistons dans ces erreurs déplorables, l'avenir n'est pas à la France ; il n'est pas non plus à l'Allemagne qui, bien qu'elle produise beaucoup d'enfants sous un gouvernement despotique, partage, si elle ne les exagère, tous les vices qui font notre faiblesse et ont entraîné nos désastres. L'avenir est aux Américains, race forte, vigoureuse et féconde, qui ra-

chète quelques défauts par mille vertus solides, et
dont la civilisation honnête et puissante, dominera
invinciblement et roulera dans sa sphère tous les
peuples dégénérés de la vieille Europe.

(7) Laisse-là les festins...

Les journaux nous entretiennent tous les jours de
réceptions et de festins donnés par les membres du
gouvernement. On se demande même comment
M. Thiers, à son âge, peut porter le fardeau de tant
de galas. Dans notre état actuel de honte et de misère,
ces récits sont au moins indécents.

(8) Arrache ton esprit aux dévotes erreurs...

Les comédies politico-sacrées de Lourdes, de la
Salette et autres lieux ridicules, n'auront pour résultat
que d'abaisser le sens moral et de précipiter notre
décadence. Ce n'est point l'antre de la Sybille, ce ne
sont point les augures qui ont fait la grandeur et la
puissance des Romains. Ce fut l'amour de la liberté,
la frugalité dans les repas, le courage au travail et la

pauvreté volontaire des premiers habitants de Rome.

Quintius Cincinnatus, après avoir sauvé la patrie, retourna tranquillement à sa charrue, et nos généraux, écrasés de défaites honteuses, sont rentrés fièrement dans toutes leurs dignités!

(9) Par un traité déjà la Prusse et la Russie
   Ont resserré les nœuds de leur théocratie.

Une dépêche de Saint-Pétersbourg annonce que l'empereur Alexandre a nommé le prince royal de Prusse feld-maréchal de l'armée impériale russe. Le général Annenkoff, à la suite de l'empereur, est chargé de porter à Versailles cette nomination.

(*Moniteur prussien*, 16 novembre 1870).

L'empereur Guillaume vient de rendre visite à son frère l'empereur Alexandre. Les fêtes ont été somptueuses. L'alliance a dû être confirmée et les liens en seront indissolubles.

(10) Se faisant un rempart de mers et de tempêtes.

Nous devons tenir peu de compte aux Anglais de

quelques manifestations privées en notre faveur, Leur
gouvernement nous hait toujours, et il ne l'a que trop
prouvé dans la guerre. N'a-t-il pas laissé les Prussiens couler ses navires dans la Seine et s'en faire une
arme contre nous ? N'a-t-il point arrêté l'Autriche qui
voulait s'interposer entre les belligérants ? N'a-t-il
point déclaré qu'il n'interviendrait qu'après la chûte
de notre capitale? Et il n'est pas intervenu du tout.
Sa reine n'a-t-elle point dit qu'elle voulait voir son
gendre faire une entrée triomphale dans Paris ?

Aussi, quand l'Inde se séparera de l'Angleterre,
comme s'en est autrefois séparée l'Amérique ; quand
l'Irlande, révoltée de ses exactions, secouera le joug
et reprendra sa liberté, nous ne pourrons qu'applau-
dir, si même nous n'aidons au juste affaiblissement de
cette nation perfide.

(11) Chassez ces francs-tireurs que mes soldats-bourreaux
   Contraignaient tour à tour à creuser leurs tombeaux.

M. Achille Morin, conseiller à la Cour de cassation,
a cité ce fait :

« Une troupe de deux cents francs-tireurs ayant été

rencontrée par une avant-garde prussienne, fut passée
par les armes jusqu'au dernier homme, après avoir été
forcée de creuser deux cents fosses, et chaque homme,
avant d'être fusillé, ayant à ensevelir celui qui l'avait
précédé dans la mort.»

Puisse notre vengeance, un jour, se mesurer à ce
dernier forfait !

ÉLÉGIE

ÉLÉGIE

§

Toi, dont l'œil rayonna d'une beauté si fière,
O femme, qu'as-tu fait de ta splendeur première ?
Les Vierges, sans envie, admiraient ton printemps,
Les vieillards dénombraient tes troupeaux et tes champs,
Et de la main des dieux tombaient sur ta jeunesse
Des jours pleins de grandeur, des nuits pleines d'ivresse.

Et voilà que tes cris, frappant en vain les airs,
Se perdent, sans écho, dans les muets déserts !
Sur les bords d'un torrent, pendant le sombre orage,
Tu n'as point un ami dont la voix t'encourage !

On s'écarte, on te fuit... ou des rires moqueurs
Insultent, en passant, à tes justes douleurs.

O toi, dont les attraits éblouissaient le monde,
Que ta misère est grande et ta chute profonde!
L'étranger, hier encor de ton sort si jaloux,
Sans te plaindre, te vois l'implorer à genoux.
Son regard te menace et sa voix te bafoue :
« Est-ce là, se dit-il, en te frappant la joue,
Cette noble beauté dont les peuples voisins
Enviaient la puissance et les heureux destins ?
Ses haillons déchirés et traînant dans l'ornière,
Ses cheveux du sentier balayant la poussière,
Son œil éteint, son front horriblement pâli,
Ses membres décharnés, son sein vide et sali,
N'en font qu'un triste objet de dégoût et de haine;
Et le plus malheureux des bouviers de la plaine,
Insensible à ses pleurs, ne tendrait point la main
Pour l'aider à franchir les pierres du chemin.»

« Oui, c'est moi qui fus grande et qui fus si puissante,
La vierge aux doux attraits, la femme éblouissante.
C'est à moi que les flots d'avides courtisans
Adressaient leur prière, apportaient leur encens.
Qu'un seul jour m'a changée! Et que, dans ma folie,
A mes propres regards je me suis avilie !

J'étais si jeune encore! Un heureux avenir
Me riait comme un champ sur le point de fleurir...
Un homme m'apparut : il flatta mes faiblesses,
Prodigua les serments, m'enivra de caresses.
De perfides amis me vantaient sa bonté,
Sa force, sa valeur, surtout sa probité;
Je ne vis point le piége où j'étais entraînée,
Hélas! et je subis ma triste destinée.

Et quel était cet homme? Offrait-il à mes yeux
Ces sublimes vertus, ces talents merveilleux,
Et cette grandeur d'âme, et ce mâle courage
Qu'à ses prédestinés le ciel donne en partage?
Rejeton sans vigueur d'un tronc déjà maudit,
L'esprit faux, le cœur bas, les instincts d'un bandit,
Il n'avait, pour asseoir sa fortune menteuse,
Que les lauriers sanglants, la gloire monstrueuse
D'un aïeul qui trompant ma pauvre mère un jour
L'égorgea de son glaive en lui parlant d'amour.

Et je suivis cet homme ! Et, vile débauchée,
Je courus les chemins à son bras attachée!
Je flétris ma beauté, je perdis ma grandeur,
Aux coupes du plaisir je noyai ma pudeur;

Et, cachant sous le fard les hontes de ma joue,
Avec lui je roulai dans le vice et la boue!
O Dieu, pour étouffer le cri de mes remords,
Il m'avait tant promis de gloire et de trésors!
Et c'étaient mes chevaux, c'étaient mes bergeries,
Mes champs et mes vergers qui payaient nos orgies!

§

Un jour... ô jour affreux! Sans force ni raison,
D'un féroce voisin menaçant la maison,
Il tomba, l'insensé! Sa main lâche et tremblante
Rendit, en suppliant, son épée impuissante,
Et, pour mieux mériter le pardon du vainqueur,
Me livra, sans défense, à toute sa fureur.
Alors du conquérant les valets pleins de rage
Sur mes sillons flétris ont traîné le pillage;
Ils ont chargé leurs chars des blés de mes greniers;
Ils ont volé mes foins, les vins de mes celliers;
Ils ont pris les atours qui couronnaient ma tête,
Les riches ornements de mes beaux jours de fête;
Et, lambeaux par lambeaux, consommant leur larcin,
De ses voiles secrets ont dépouillé mon sein.»

— « O femme, que du ciel la clémence infinie
De tes longues douleurs abrège l'agonie !»

— « Je ne veux point mourir !»

—«Que veux-tu?»

« — Me venger !

Implacables destins, c'est assez m'outrager !
J'ai perdu mes trésors, mon orgueil, ma puissance,
Et n'ai que trop payé mes heures d'imprudence !
Laissez-moi secouer la honte du malheur,
Reprendre ma fierté, racheter mon honneur,
Armez, armez enfin mes mains impitoyables
Et livrez à mes coups le sang des misérables !

Qu'il tombe le premier, l'odieux scélérat
Qui provoqua la guerre et s'enfuit du combat !
Que ses amis impurs, que son fils, que sa femme
Tombent sous ma colère à côté de l'infâme !

Qu'ils tombent à leur tour ces guerriers dont le cœur
Dans l'instinct du pillage a puisé sa valeur !
Que je puisse, contre eux ranimant mon courage,
Dans leurs rangs décimés promener le carnage ;
Jeter la torche ardente au sein de leurs maisons,
Fouler aux pieds leurs champs, arracher leurs moissons;

Les chasser de leur sol, et, pour pleurer leurs crimes,
Ne laisser que les yeux à mes lâches victimes !

Et qu'instruits tous les jours de mes affreux malheurs,
Mes enfants, après moi, partageant mes fureurs,
Dans les âges futurs, sans trêve ni clémence,
Sur leurs enfants vaincus poursuivent ma vengeance !

CHANT LYRIQUE

CHANT LYRIQUE

———

Debout ! Français ! le tambour bat.
Le cheval, sous son frein, hennit d'impatience,
Volons au suprême combat,
Et que tout citoyen-soldat
Du pays, dans ses mains, emporte la vengeance !

Debout ! En bataillons pressés,
Sortez de vos hameaux et courez aux frontières ;
Et que, punis de leurs excès,
Les Huns, par vos bras terrassés,
Expirent sous le feu de vos mille tonnerres.

Marchant conjurés contre nous,
Vingt peuples ont livré nos sillons au pillage ;
Et jusqu'aux femmes à genoux
Leur impitoyable courroux
Dans nos cités en pleurs a porté le carnage.

De vingt ans de captivité
Vous avez secoué les cruelles entraves ;
Vous avez repris la fierté
De votre antique liberté,
Et du Corso sanglant n'êtes plus les esclaves.

Chassez les amis du tyran,
Tous ces chefs dont la main, poltronne ou criminelle,
Abandonnant Metz et Sedan,
Livra notre France au forban,
Et la marqua du sceau d'une honte éternelle.

Suivez Jaurès aux mers du nord ;
De Jauréguiberry secondez le courage :
Partout votre héroïque effort,
Sur l'ennemi semant la mort,
De ses châteaux détruits hérissera la plage.

Voyez au nouveau champ d'honneur,
De Faidherbe et Denfert l'impétueuse audace !
Les Teutons pâles de terreur,
Sous le fer de Chanzy vainqueur,
Vous rendent les cités de Lorraine et d'Alsace

Gambetta, de sa mâle voix,
A donné le signal des justes représailles !
Berlin et Munich aux abois
Ont vu, sous les yeux de leurs rois,
Vos bras victorieux arracher leurs murailles.

Où sont-ils ces lâches Germains
Qui pillaient nos trésors, qui volaient nos provinces?
Où sont ces soldats inhumains
Qui baignaient leurs horribles mains
Dans le sang des Français condamnés par leurs princes ?

Ils ont fui comme un vil troupeau
Que presse du lion la dent inexorable,
Et, s'abattant sur leur tombeau,
Le vautour et le noir corbeau
Feront de leurs débris une orgie effroyable.

Il n'est plus, Werder, le Badois,
Dont l'obus sans pitié livra Strasbourg aux flammes,
Ni Won der Tann le Bavarois
Qui, brûlant Bazeilles trois fois,
Jeta dans le foyer les enfants et les femmes !

Ni de Meklembourg, le cruel,
Qui bombarda Soissons et renversa Mézières;
Ni le féroce Manteuffel,
Ni de Moltke, le criminel,
Qui rêve encore le vol de nouvelles frontières

Ils ont succombé sans grandeur
Les soutiens insolents de ce barbare empire :
Cédant à la noble valeur
Des Français remplis de fureur,
Fritz à râlé la mort et Frédérik expire.

Tu vas payer les attentats.
Bismark! Tu vas périr, sanguinaire Guillaume!
Et sous le pied de nos soldats.
Déjà tous vos puissants Etats,
En poussière brisés, ne sont plus qu'un fantôme!

TABLE DES MATIÈRES

Paris. — Imprimerie Moderne (Barthier, D''), rue J.-J.-Rousseau, 61

ÉCOLE RÉPUBLICAINE
par Emile SAUVAGE

Cette collection traite des questions les plus utiles à l'avenir de la République

	à Paris	France pour toute la France
	Prix	Prix
Psychologie de la Commune	» 30	» 35
De l'Influence de l'Église sur l'État	» 30	» 35
Du gouvernement et de la vile multitude	» 40	» 45
De la Liberté de conscience	» 40	» 45
République ou Monarchie	» 40	» 45
Du Clergé considéré comme société dans l'État	1 »	1 10
Paroles d'un Républicain	» 40	» 45

DU MÊME AUTEUR :

Le Clergé et la Démocratie	2 »	2 20

SOUS PRESSE :

De l'ordre moral et du désordre social, par Emile SAUVAGE	» 30	» 35

ÉTUDES COMMUNALISTES
par JUNIOR

La livraison	» 10	» 15

Les livraisons 1, 2, 3, 4 et 5 sont en vente.
Il paraît deux livraisons par semaine, le mardi et le vendredi.

L'Armée des Vosges, Ricciotti Garibaldi et la 4e brigade. Récit de la campagne 1870-1871, avec documents et cartes, par Emile THIÉBAULT, ancien officier d'ordonnance de Ricciotti Garibaldi, vol. in-18	1 50	1 75
Lettres aux Alsaciens, par MISMER	» 30	» 35
Les nos 1, 2 et 3 sont parus (à continuer).		
Les Incurables, par Emile SAINT-HILAIRE	1 »	1 20
Donnez-nous un Roi (Epître aux conservateurs),	1 50	1 65
Les Plaies sociales (l'Ignorance) par H. de CASTELNAU (docteur Lux, du Réveil)	5 »	5 40

	A Paris	Franco pour toute la France
	Prix	Prix

El Eco de Ambos Mondos, Organo de la raza latina. Journal hebdomadaire rédigé en espagnol. Prix du numéro............................ » 30 port en sus

Gazette officielle américaine. Organe, en Europe, des gouvernements de toutes les Républiques de l'Amérique du Sud. Trois éditions : française, anglaise, espagnole. Prix du numéro de chaque édition........................... » 30 port en sus.

———

Publications des Éditeurs Armand LE CHEVALIER, A. SAGNIER, E. ROUQUETTE, F. PAGNERRE, etc.

———

Envoi de toute publication contre la valeur et l'affranchissement en timbre-poste.

———

Envoi gratis du Catalogue sur demandé affranchie.

Paris. — Imp. Moderne (Bardinet d°), rue Jean-Jacques-Rousseau, 64

www.ingramcontent.com/pod-product-compliance
Lightning Source LLC
Chambersburg PA
CBHW070457030726
47503CB00004B/1078